掟上今日子的
簿

西尾維新 NISIOISIN

譯／緋華璃

目次

第一話

掟上今日子的有誰得利

Cui bono

1

俗話說現實比小說更離奇，但寫在小說裡的故事終究不會發生在現實世界裡。更別提像是寫在推理小說裡的命案，其實根本都不會發生——每次聽到有人開口這麼說教，御簾野警部總在心底發誓，長大絕不要成為這樣的大人。然而唯獨這次，他決定稍微改變一下這個想法。

雖然只是微調，但或許也是他已經長大了。

至於是成了什麼樣的大人——就先姑且不論。

總之這次終於讓他領悟到，就算推理小說中的命案發生在現實世界裡——也不會照著推理小說裡寫的發展進行。

當他如願晉升警部一職，發現光芒四射的夢想也只不過是單調乏味的現實之時，也曾有過類似的體悟。

責任增加了，手續增加了，工作增加了。

並非只有好事。

……不，御簾野警部倒也不是期盼宛如推理小說裡描寫的那種命案真的發生，更沒有期望能讓自己負責偵辦這種荒唐想法，而且無論是什麼樣的命案，都不會有什麼「好事」值得期待。

有的只是繁瑣的作業。

有的只是小說家不會寫出來的林林總總，或是被編輯刪除的那些一點也不有趣的倒四顛三。

要說一如往常也是一如往常，至少事到如今，也沒什麼事是想不開的。

但這次的案子——還是太過於特殊了。

（畢竟是……暴風雪山莊。所謂「封閉空間」的代表典型——做為推理小說的舞台，要說是巧合，或該說是無巧不成書）

不過，倒也略微古典了些。

既然如此，就沒什麼好猶豫的——宛如推理小說般的舞台已近在眼前，就只能找宛如推理小說般的名偵探來解謎了。

人稱忘卻偵探的她。

一個從不曾被寫進推理小說裡，令人傷透腦筋的名偵探——

2

「初次見面，讓您久等了。我是置手紙偵探事務所的所長——掟上今日子。這裡果然好冷呢。」

今日子小姐來到山上的民宿「觀星者」，在面對御簾野警部如此自我介紹的同時，深深低頭致意——在雪山中，她那滿頭白髮顯得莫名耀眼，使其看來有幾分雪女的味道。

不過，雖說應該沒有雪女會著戴著眼鏡，然而或許是本人有意為之，今日子小姐一身雪白的裝束——穿著毛茸茸的白色大衣，圍巾和手套都以白色統一。只有靴子是紅色的，著實醒目。

（初次見面……嗎）

事實上，御簾野警部已經是第四次請今日子小姐協助辦案了，但顯然他早就被她忘得一乾二淨。

當然，這並非是因為御簾野警部長相讓人看過即忘，也不是因為她太沒禮貌——即便對於「自己是否能讓人看過不忘」確實沒啥信心，但在御簾野警部認識的偵探之中，今日子小姐已經算是非常有禮貌的偵探了。

甚至該說是太有禮貌——有禮貌到像是沒有情感。

從這個角度來看，就連她那親切可人的笑臉，也只讓人感覺是溝通時的隔閡——不過畢竟對今日子小姐而言，這真的是初次見面，也無可厚非。

忘卻偵探——掟上今日子。

她的記憶乃是以日為單位每天重置。

就像只能讀取一次的記憶卡——所以無論她調查過什麼樣的案子、找出什麼樣的真相，到了第二天都會忘得一乾二淨。

一個有時間限制的偵探。

然而在另一方面，身為偵探，她卻也是一個能恪守最重要的保密義務，絕不漏一點口風的偵探——可說是偵探中的偵探——正因為如此，身為警察機關一分子的御簾野警部才敢像這樣委託她協助調查。

（不同於推理小說的世界，現實世界裡，警察其實是不怎麼能夠委託私立偵探協助調查的——這也是伴隨發生在現實中的虛構而來，不得不戒慎處理的繁雜手續之一吧）

御簾野警部一面這麼想，一面亮出警察手冊向她自我介紹。

「初次見面，敝姓御簾野。」

御簾野警部其實也用不著陪著說「初次見面」，但這就像是一道必要手續——類似與忘卻偵探開始合作的一種儀式。

「您好，請多多指教。我定當竭盡綿力為警方效勞，敬請期待。請問命案是發生在這棟民宿裡嗎？」

今日子小姐迅速切入正題。

不愧是勤快的偵探——不，是最快的偵探。

由於能夠運用的時間只有一天，她往往都會跳過既定程序，直搗黃龍——光就這點來說，比推理小說的進展來得快多了，真是感激不盡。

只是，這可不是在下著雪的大門口討論的事。

還得顧慮旁人的目光。

雖說御簾野警部已經習以為常，但看在不認識今日子小姐的當地員警眼中，搜查主任與神祕白髮女性站著講話的模樣，肯定非常不可思議吧。

「細節請移步到屋裡再談──我已經請人準備好空房間了。」

「哎呀，這樣啊。那麼，我就恭敬不如從命嘍。」

今日子小姐說完，轉身──卻又稍稍停下腳步。

「嗯？怎麼了嗎？」

「沒什麼，我只是看一下回程的巴士時間，不曉得最後一班是幾點──畢竟我可不能在這裡過夜。」

跟推理小說裡的偵探不一樣。

今日子小姐開玩笑似地這麼說──這也正是御簾野警部目前煩惱不已的問題。

3

「昨晚在這棟民宿裡發生了命案——死者是當天入住的客人，出雲井未知小姐。」

御簾野警部將今日子小姐帶到民宿一樓的客房內，準備好飲料（黑咖啡）之後，摒退閒雜人等，開始說明案情的概要——其實御簾野警部本身也很難說是已經完全理解事情的全貌——畢竟是才剛發生沒多久的案件——他也想藉由描述給別人聽，讓自己順利做個整理。

「噢，那還真是不幸。」

說著，今日子小姐雙手合十。

不過這個房間並不是案發現場——雖說構造是一樣的。

順帶一提，她穿在大衣底下的那件軟綿綿毛衣，也是白色的。

穿著這身衣服，在吃飯的時候顯然要非常小心。

「原來如此原來如此。話說我第一次來到民宿這種地方，看來隔間比一般的飯店還要雅緻呢。呵呵呵，這麼一來，感覺好像是跟御簾野警部一起來滑雪旅行呢。」

聽到女偵探如此毫無防備的發言，比起心裡小鹿亂撞，御簾野警部卻感覺彷彿一開場就被來了個下馬威——就算身為偵探的能力不容置疑，今日子小姐依舊不是好相處的工作對象。

（這也是小說與現實的落差嗎……如果是推理小說，偵探的愛情故事再怎麼樣也不過是用來調劑的香料吧）

雖說最近偵探戀愛故事的橋段應該也多了很多變化——然而在工作上，今日子小姐畢竟是個克己的偵探，這種令人浮想聯翩的台詞，似乎僅是做為提出「被害人出雲井小姐又如何呢？」這個疑問的前奏。

沒有情感——只是公事公辦。

「我的意思是說，有人跟她一起投宿嗎？」

「沒有，她是一個人來旅行的。如今一人旅行已經很常見了——似乎就是單純為了享受在雪山滑雪的樂趣而來。」

仔細想想，雖然剛才今日子小姐說她是「第一次來到民宿這種地方」，但這句話其實根本沒有半點可信度——或許就她的記憶所及，自己的確不曾來過——御簾野警部特地加個「如今」做說明可能只是多餘。

「滑雪嗎？要是晚一點還有巴士，我也滑一下再回去吧！」

今日子小姐遊刃有餘地說道。

倘若將這視為其身為最快偵探的自信，真是再可靠也不過了——當然，破了案之後要怎麼度過巴士出發前的時間，完全是她的自由。

御簾野警部個人也想見識一下今日子小姐的滑雪裝扮……不，這僅只是奢望。案子一旦解決，他終究只得快快下山離開。

他可不是來滑雪的。

是來辦案的。

「目前已知的情報就行了——請告訴我死因及案發時間。」

能這麼乾脆俐落地對一個人的死亡提出問題，令御簾野警部感覺有些毛毛的，但畢竟彼此都是內行人，他也不多做揣測。

「死因為毆打致死——案發時間為昨晚深夜一點到三點之間。」

御簾野警部不帶情緒地冷靜回答。

「案發現場為死者下榻的201號房——由於犯行是發生在死者單獨投宿的房間裡，可想而知沒有目擊者。」

「嗯哼。」

今日子小姐點點頭說。

「這麼說，案發時的狀況——可以想像應該是三更半夜造訪201號房的神秘訪客，將死者毆打致死的吧——至於這名不速之客是趁死者睡著以後偷溜進來，還是她自行開門讓對方進來，目前還無法判斷。」

「是的……是這樣沒錯。不過由於死者並非死在床上，警方研判死者應該不是在入睡後遭到毆打——而是在意識清醒的情況下，遭受意想不到的攻擊。」

沒有爭執的痕跡，也沒有抵抗的痕跡。

這也表示——現場並未留下足以鎖定兇手的痕跡。

「一個人出外旅行之時，半夜與某個人見面，受到意想不到的攻擊——可能發生這種事嗎？」

今日子小姐喃喃自語，自顧自地提出質疑，接著像是想換個角度分析似地，又提出下一個問題。

「有已經鎖定的嫌犯嗎？」

「有的。可是，還不知能否稱之為『嫌犯』——畢竟再怎麼說，他們都只是『有機會下手的人』。如同今日子小姐方才注意到的，這裡巴士班次甚少，是個交通不甚方便的地方。」

也因為如此，才會在這裡開起民宿——一旦下起大雪，為了避免發生車禍，會馬上封閉道路。

「也就是說，昨晚這裡成了一個封閉空間嗎？外人無法入侵，裡面的人也沒辦法出去……」

真不愧是名偵探，一點就通。

「是的。雖然今天的天氣已經比較穩定，不過聽說昨天從下午開始，可是不斷停下著能見度只有一公尺的大雪哪。別說滑雪了，根本無法跨出民宿一步。」

「是喔。」

在只有今天的今日子小姐耳中，昨天的事聽來就像是異世界的傳說。

「難怪大家都說山上的天候瞬息萬變——嫌犯……或者該說是嫌犯候選人，就只可能限於當天入住這間民宿裡的住房客和老闆嘍。」

「是的，就是這麼回事。」

御簾野警部邊說邊翻開筆記本。

他已經先把嫌犯名單抄在裡面——接下來只要照著念就好。

「除了被害者以外，昨晚入住的房客共有三組。分別是一家四口的父、母、子、女，還有一對年輕的情侶，最後則是一對退休的老夫婦。」

以這樣的摘要說明做為開場，御簾野警部陸續報上具體的名字及年齡——這些全都是個資，原本不能隨便告訴民間的偵探——但因為今日子小姐是忘卻偵探，絲毫不用擔心會洩露出去。

事實上，這些情報非但不會在今日子小姐的腦海裡留下記憶，她甚至不會將其留下記錄——就像與手拿筆記本照著念的御簾野警部互為對比般，今日子小姐連筆記本都沒有拿出來（可以想見她根本沒帶）。

「嗯。房客除了死者以外，共有八名——再加上老闆是嗎？」

「是的。老闆是一對兄妹——算是所謂上班族轉業。民宿開到今年已經邁入第五年了。」

「哦，好好哦！我是獨生女，所以很希望能有個哥哥呢。」

「……今日子小姐是獨生女嗎？」

「天曉得……就算有，我大概也忘了。」

怪沉重的話題。

忘卻偵探的家務事。

「這樣的話，總共有十名嫌犯……雖然嚴格說來，已經可以排除這對陪同父母出遊的兒女涉案。」

「說得也是。」

與其說是可以排除涉案，不如說是非得排除不可。因為女兒只有六歲，兒子今年四歲。這兩個小孩能不能舉起致命凶器都還很難說——所以實際上能視為嫌犯的人物，只有八名。

闔家出遊的父親（32）、闔家出遊的母親（30）。

情侶檔男方（22）、情侶檔女方（24）。

老夫婦的丈夫（61）、老夫婦的妻子（57）。

民宿老闆兄（35）、民宿老闆妹（30）。

「呵呵呵。要是推理小說，有時候光看登場人物表就能鎖定兇手了，但現實中果然還是沒這麼簡單呢。」

今日子小姐微笑著說道。

然而要這麼說的話，比起推理小說，套在看到推理劇的演員表時，應該會更為貼切才是。

「話說回來，只不過是入住同一間民宿，就被警方當成嫌犯看待，還真是讓人不舒服——大家現在都在做什麼？」

「做什麼呀……就請他們留在這間民宿裡，配合偵訊。這其實滿令我頭痛的……也正是我想與今日子小姐商量的問題……」

「商量？」

今日子小姐側著頭反問。

「我還以為您是委託我來解決殺人命案的，難道是最快的偵探跑太快，沒搞清楚會錯意了嗎？」

「不，當然無論如何要解決命案，但是——可以請你儘快嗎？」面對最快的偵探提出這種要求，根本是多此一舉。但御簾野警部仍舊開了口——而且還是以強調的語氣。

「如你所見，天氣已經恢復正常了——只要想下山，坐上車隨時都能輕鬆下山。也就是說……被視為嫌犯的客人們都想回家了。」

「想回家……」

「對警方而言，要是放他們回家，勢必會在調查上帶來非常大的困擾——所以在理出一定程度的頭緒以前，還希望他們能暫時留在這座雪山上。

但是當我們提出這個請求時，這群人卻無理取鬧，居然連『既然如此，住宿費用應該由警方負擔』都說出口。」

「無理取鬧」這種用詞，想必給人很差的印象，御簾野警部也自覺失言，但是站在執行公權力的人民保姆立場上，這是他如假包換的真心話——畢竟事關命案調查，只要沒有做虧心事，身為善良的市民，理應要義不容辭提供協助才是。沒錯，就像出現在推理小說裡的人物那樣。

只可惜，現實比小說更離奇——不，是現實比小說更麻煩，這群住房客的抗議非同小可。甚至還有人提出「今天再不回去的話，家人擔心就會跑來接我，所以請讓我打電話回家」這般無理的要求——真讓人受不了。

不過，每個人都有預定或計畫，換成自己站在同樣立場，肯定也會抱怨的——想到這，御簾野警部就無法悍然拒絕了——話雖如此，可是加上小朋友的份在內，要從經費裡撥出八人份的住宿費用，依舊是不可能的任務。

雖然也不能因此硬是逼迫無理取鬧的可疑對象勉強配合，導致偵訊或調查有所不周，可是御簾野警部有御簾野警部在職場上的立場。

因此，他找上了白髮偵探——比起八人份的住宿費用，付給今日子小姐的委託費算是便宜得多。

「所以不只是在今天以內，這次想麻煩你在民宿退房時間之前破案——有可能嗎？」

「對於最快的偵探而言，倒也不是不可能。」

今日子小姐乾脆地接受了這樣的委託，看了一眼放在房間裡的時鐘——現在時刻為上午十一點，民宿退房時間則為中午十二點。

還有一個小時。

「看樣子，下午可以充分享受滑雪之樂，真是太好了——話說，居然拿住宿費這種俗不可耐的主題作文章，這個世道也真是太差了。」

「不，呃，因為住宿費也絕不是一筆小數目，所以會這麼要求，想想其實也是理所當然的……」

「既然如此，我也可以跟您商量一下嗎？請您想想看，就像車子開上高速公路時，也是要另外收費的吧？」

4

接下來是一連串俗不可耐——或該說是錙銖必較的討價還價，更加壓縮了原本就所剩無幾的時間之後，御簾野警部與今日子小姐終於回歸正題。

「那麼，首先請讓我確認幾個前提。御簾野警部，被害人出雲井小姐是獨自出來旅行，而且以前並不認識其他住宿的客人對吧？」

「是的，我想並不認識——我不敢打包票，但從住址來看，大家都來自不同地區，很難想像過去曾有交集。不光是這群住房客，聽說出雲井小姐也是第一次入住這棟民宿——換句話說，與管理員兄妹也是初次見面。」

「原來如此原來如此。」

今日子小姐說道。報酬幾乎翻倍看似令她樂不可支，比平常還認真投入於工作——該怎麼說呢，和小說裡的不同，現實的偵探真是現實。

（雖說會被錢打動的名偵探還滿少見的——或也更添寫實）

會說出「只要能解開吸引人的謎團，不用錢也沒關係」的偵探的確是少之又少——但是像今日子小姐這樣也太極端。

「這麼一來，如果真有行凶殺人的動機，無非是兇手與死者在住宿期間發生了什麼糾紛吧。」

「這就不清楚了。畢竟像這種備有交誼空間的民宿，住房客之間不可能全無交流……可是所有人作證時都異口同聲，指證不曾發生過糾紛。」

當然其中可能有人說謊——然而所有人都說謊的可能性卻是非常低。

正因為是「封閉空間」這樣的環境——一旦發生糾紛，立刻就被第三者知悉，甚至傳遍所有人的可能性應該相當高才是——卻無人提到。

「會不會是劫財目的呢？死者有沒有什麼東西不見？」

「沒有。別說錢包，首飾、滑雪用具……就連行動電話及相機之類的隨身物品也都沒有短少。」

照理說，只有死者本人才知道隨身物品有無短少，至少就御簾野警部的印象，不像是有人動過貴重物品。

這點從經驗就能判斷。

經驗——這是記憶無法積累的忘卻偵探絕對無法擁有的東西，所以她或許不能接受這樣的說明。

「別怎麼說，我還要仰仗您的經驗。我們可得互補彼此不足之處呢。我雖然沒有經驗，但在提升破案速度上絕對可以有所貢獻。」

我貢獻的可不是經驗，而是金錢——御簾野警部心想。不過，現在可沒時間討論這件事。

「房間有上鎖嗎？喔，不是要問『現場是否為密室』這種膚淺的問題，只是想掌握現場的狀況。」

她似乎認為詢問是否為密室是很膚淺的問題——也對，既然都晉升到名偵探這個等級，不可能不是是推理小說的書迷。

話說回來，這也的確是偵辦時所需的資訊。

「由於這是間民宿，不是飯店……所以房門並不是自動鎖。這個房間也不例外。」

御簾野警部望向房門——門上安裝的是輔助鎖。

「今天早上，老闆娘為了叫死者吃飯而發現屍體時，房門似乎沒上鎖——也就是房間並非處於密室狀態，至於房間鑰匙則放在桌上。」

「嗯哼。那就是無法從鑰匙的去向來鎖定兇手嘍……還有其他與兇手有關的線索嗎？」

「目前只能說是毫無頭緒——沒有任何線索能連起嫌犯與兇手。」

老實說，起初還以為是很簡單的案子——還以為毋需借助最快的偵探的力量，也能迅速地破案。

因為打從一開始涉嫌者便有限——還以為可以輕易地鎖定真兇。

然而，包括幼兒在內的十個人。

誰都不像兇手。

因為沒有稱得上是動機的動機。

「要是有誰跟被害人出雲井小姐一起行動，那個人就會成為頭號嫌犯了嗎——但她是一個人來旅行。單身女子的旅行……也挺危險的。」

今日子小姐說到這裡，面露思索。

「有人向她求愛，結果一時衝動殺了她……倒也不是不可能。只是，這樣沒有留下爭執的痕跡反而不自然。而且根據您至今的描述，怎麼想兇手都是打從一開始就想殺害死者。殺人本身即為目的……嗯。」

今日子小姐摸了又摸自己的白髮。

「可以就您所知的範圍，為我介紹一下死者的為人嗎？她是不是那種性格容易招惹麻煩，或是個性非常顧人怨？」

「真要說還正好相反。死者似乎是一位討人喜歡、沒有架子的女性。」

御簾野警部起初也曾經有偏見，以為獨自旅行者通常都是難相處的人，然而死者非但不難相處，還是一個在旅途中跟任何人都相處融洽的開心果——昨天與她剛認識的其他客人、管理員兄妹對她的印象似乎都很好。

當然，除了兇手以外——是吧。

「或許就是性格開朗才引來反感？再怎麼積極正面的理由，翻轉過來也可能成為同樣消極負面的理由——只不過因此就殺死對方，還是太絕了。」

今日子小姐似乎是一面思索，一面隨口說出想到的所有可能性——大概又是她慣用的網羅推理吧。不曉得這次是否有足夠時間聽她發表高見。

已經快十一點半了。

能在退房時間以前解開一切謎團——當然是御簾野警部的最大期望值，但是只要能達成一半的目標，他覺得就能心滿意足了。

只要能掌握狀況，能趾高氣昂地對著八名嫌犯說「各位可以回去了。不過，請務必隨時與我們保持聯絡」就行了。

「不只是涉嫌的住房客，連老闆兄妹也在催——不把房間空出來的話，可能就得回絕預定今天入住的客人……要我們賠償這個損失……」

倘若事情真的發展至此，他也真的想回嗆「關我啥事」了，然而還是希望盡可能將與相關人等的糾紛降至最低。

「實在是要不得。錢固然很重要，可是說得這麼露骨，還真讓人不知該如何是好呢。」

今日子小姐莫可奈何地聳了聳肩。

很難想像這是出自一個剛才讓御簾野警部不知該如何是好的人口中。

「不僅是要讓荷包不空虛，我希望自己的心靈也很能很充實。」

今日子小姐大言不慚地說。

沒說出「希望心靈能比荷包充實」算是誠實嗎。

「不管怎樣，看來大家都對這起命案感到困擾——還是說，有誰能從中得利嗎？」

「得利？」

「沒錯。比起是誰殺了出雲井小姐，現階段『出雲井小姐為何會被殺』更是不可解，所以我想進一步對此做重點式的探討。在能夠直接鎖定嫌犯的封閉空間裡，本來應該是不需要這麼做的。」

「當務之急是釐清動機……也就是所謂的『動機為何（Whydunit）』嗎？」

雖不是受到方才「密室」這個關鍵字的影響，但御簾野警部還是用了推理小說用語來形容。

幸好今日子小姐似乎不覺得這樣很「膚淺」，只是糾正他。

「不是『動機為何（Whydunit）』，是『Cui bono』喔。」

Cui bono？

Cui bono是什麼？推理小說作家的名字嗎？

「不是，這也是推理小說用語喔。意思就如同我剛才提過的——去思考在這個案子裡，究竟有誰能從中得利——有誰得利（Cui bono）。」

說起來其實跟『動機為何（Whydunit）』相反呢——今日子小姐補充說明。

以沒有記憶的人來說，知識真是淵博。

雖然他早就知道了。

「請恕我才疏學淺，今天第一次聽說……那麼就目前情況而言，只要去推想有誰會因為出雲井小姐的死而獲得利益，便能找到真相嗎？」

「就是這麼回事。」

有人死了，就有人因此得利的情況。

必須以此為前提還真是令人不愉快……但這也是工作。

想必今日子小姐就是把工作與個人情緒切割得涇渭分明——照理說，若有人會因為誰的死而得利，無非是繼承遺產吧。

性格姑且不論，被害人出雲井未知的收入和存款都只是普通上班族的水準——更何況，嫌犯之中顯然也沒有被害人的法定繼承人或壽險受益人。

全都是八竿子打不著的外人。

「……有人會因為八竿子打不著的外人死去而得利嗎？」

「日本俗諺有云——說風一吹，賣木桶的就要賺大錢呀。」

今日子小姐的話令人似懂非懂。但御簾野警部受到這句俗話的影響，繼續思考金錢的得失——

「從利弊得失的角度來說，嫌犯之中大多數的人都因此蒙受了損失吧。非自願地被扣留在這棟民宿裡……行程都被打亂了。」

即便向警方討也要不到住宿費的確會造成損失，問題也不僅止於此。既定行程無法依照原訂計畫進行，就等於喪失了原本應得的利益（也包括精神上的利益）——比起找出誰能因此得到最大的利益，不如去找誰因此蒙受最大的損失還比較快。

「不只住房客，老闆兄妹也是。不，最大受害者或許正是那兩位。」

今日子小姐說道。

「畢竟有人死在民宿裡，而且還是他殺，風評免不了會一落千丈——對今後的經營也會造成相當負面影響吧。」

這大概是身為個人事務所所長的今日子小姐以經營者角度發表的意見，不過身為警察的御簾野警部也同意。雖不能因此立刻將老闆兄妹自嫌犯名單上剔除，但不失為一項判斷依據。

御簾野警部稍微想了想，開口說道。

「三組住房客遭受損害的程度或也不盡相同——要說有階級之分是誇張了些，但三組人之間的確存在著貧富差距。」

雖然委託對方調查，但也不能把推理或考察全都包給偵探一個人。就算要猜中真相難之又難，只要自己的發言可能帶給今日子小姐靈感，就不能害怕講錯話。

「貧富差距？怎麼說？」

「呃，首先是那一家四口……我認為他們是三組人馬之中，最不樂見這種封閉空間的情況發生的一組。」

「單純因為人數較多吧？待的時間愈長，錢也要付愈多。即使是六歲和四歲的小孩，也要按照定價計費，而且還得算做當天入住的價格。」

談到錢就理解神速。

的確是如此，但問題也不只如此。

「其實他們昨天就打算離開，連退房手續都辦好了，但下午的天氣突然轉壞，不得不折返——換句話說，已經比預定多花了一天的住宿費呢。」

「怎麼會這樣。」

這個事實似乎使得今日子小姐大吃一驚。

談到錢的反應也太認真。

「遭受的損害確實是難以計算呢。」

「錢終歸是錢，還是可以計算的……相較之下，年輕情侶檔是在昨天颳起暴風雪的前一刻才入住，原本就預定今天要離開，意料之外的支出並不像那一家人來得多。」

儘管如此，兩人還是堅持要警方負擔留宿費用。雖能明白他們的心情，但是面對執法機關的那副強硬態度，不免讓人擔心起這對情侶的未來。

畢竟並不是所有的警察都像御簾野警部這麼通情達理，也不是所有的警察都認識最快的偵探。

「老夫婦又如何呢？考慮到年齡，他們應該不是來享受滑雪之樂的。」

「沒錯。他們不是來進行冬季運動，而是要來雪山散步的——因此這對夫婦原本就已經預約要住一個禮拜，打算悠閒度假，所以此案沒有造成他們金錢上的損失。」

不過在打算悠閒度假的民宿裡遇上這種命案，就可說是蒙受相當大的損失了——然而比起其他兩組人，定位的確是不太一樣。

「對了，那對老夫婦沒有要求警方負擔留宿費用嗎？」

今日子小姐問得一副理所當然……慢著，這樣也要錢的老夫婦根本是危險人物吧……說是價值觀嚴重偏差也不為過。

「沒有，甚至該說是相當配合……啊，這只是和其他兩組人馬的比較值……對於這樣比自己年輕許多的女孩遇害的命案，似乎感觸良多。」

當然，前提是他們其中一人，抑或兩人都不是兇手的話。

「只不過，雖說沒有主動要求，但如果警方負擔了其他兩組人的留宿費用，也不能不負擔他們的份。要說有誰得利，最可疑的就是這對老夫婦了吧？雖然是反向思考，相對之下，他們可以說是最大的受益者。」

「嗯……沒有損失就等於獲益的思考邏輯，果然還是很牽強……因為光是在法治國家犯下殺人這等重罪的那一刻，就已經蒙受了不堪設想的巨大損失了吧？要是沒有足以彌補如此損失的利益，也很難認定他們是最有力的嫌犯。」

是啊，世上應該沒有什麼利益是能夠與人命相抵的——今日子小姐一臉憂傷地說道。

御簾野警部真希望她不要再繼續補充這般正論直言，因為那只會使得正在以「人命有價」為前提進行推論的自己心中徒增罪惡感。

「最少也要有些當事人認為足以彌補損失的利益在其中。得失相抵還有點小賺的感覺。」

「我認為殺人得利的情況其實並不多見呢……尤其在封閉空間裡更是少之又少。」

回歸最基本，在暴風雪山莊裡殺人本身就不合理，要說是自取滅亡的行為也不為過——為何非得要在自己擺脫不了嫌疑的情況下犯罪呢？

推理小說與現實的落差。

正常人應該會千方百計地避免自己的名字出現在登場人物表——正所謂的嫌犯名單上。

只要神智夠清醒，誰都不會在風雪大到連外出都有困難的夜裡殺人。

不過，如果說會起心動念想殺人，就已經是無法辨別判斷利弊得失——要假設兇手具備正常的精神狀態或判斷力恐怕也是枉然。

「封閉空間……因為意料之外的惡劣天氣造成的心理壓力，遷怒毆打獨自旅行的女性……」

今日子小姐說著大概就連她自己也認為不可能的假設——說出口，或許就會有新發現也說不定——算是她「試了再說」的風格吧。今日子小姐從不怕犯錯或失敗——因為反正都會忘記。

然而，說到「遷怒」，這才是對誰都沒有好處，似乎是與「有誰得利（Cui bono）」相反的概念——真是如此，不就等於隨機殺人了嗎。

（真是不可思議，平時我們都鼓勵大家要平等待人，但卻又在此賦予「隨機」這種一視同仁的字眼負面意義……）

「如果是失去理智到無法自制的嫌犯，一旦接受偵訊馬上就會露餡的。可是提到隨機——誰都好，是嗎？」

今日子小姐頓了頓，又接著嚴肅地說。

「或許，我們可以假定昨晚住在民宿裡的十一個人之中，死者最容易殺害的一個。」

她對這個可能性究竟是有幾分認真，御簾野警部無從揣測。

「如此一來，就不需要動機了。只是因為死者看起來很容易殺、似乎殺得成，所以殺死她。」

「……這樣的話，就不用考慮有誰得利（Cui bono）或動機為何（Whydunit）了吧？」

只不過，和這種殺人魔一起被關在同一棟民宿裡，已經不是推理小說的情節，而是恐怖電影的場景。

那麼繼續在這裡抱頭苦思，猜想內幕是多麼機關算盡，或許只是浪費時間——而且距離退房時間也只剩下不到二十分鐘。

甚至還沒去看過現場呢。

然而今日子小姐的模樣卻沒有一絲急躁——也罷，就算是最快的偵探，站在委託人的立場，也不希望她因為太重視速度，而做出草率的推理。

「不，這時才更應該要思考殺死素昧平生的人究竟有什麼好處。一定有其意義，只是一般人不容易理解。」

今日子小姐豎起一根手指頭說道。

「殺死素昧平生的人而得利的情況……對了，假設後來產生的結果就是兇手想要的結果好了。」

「……什麼意思？」

「比如說，由於發生命案，導致這家民宿無法繼續經營——對老闆而言固然是巨大的損失，但或許有人可以因此獲益也說不定，像是打算在這座山上蓋飯店的企業之類。」

假設有這樣的企業存在啦——今日子小姐笑笑補上一句。雖然這個假設完全忽略了封閉空間這個前提，但可以理解她的思考邏輯。

甲的損失是乙的利益。

不是相對性的問題，而是整體性的考量。

「如同有些選擇可以讓全體得利，也有使得所有人受害的情況，所以其實也不能一概而論，只能當作參考。」

「……那麼，是不是可以這麼想呢，今日子小姐。被害人出雲井小姐住宿時固然沒跟任何人起衝突，但是這並不表示其他人之間不曾發生糾紛。假設老闆兄妹和某位住房客起了嚴重的衝突，那個人為了找老闆們的麻煩，故意在民宿內製造命案……」

想到這段推論的瞬間，御簾野警部還以為自己找到了不錯的切入點，可是講著講著，逐漸失去了自信——這種程度的假設，縱使被人批評是推理小說看太多也無法反駁。

別說是假設了，根本是天馬行空的想像。

會因為一時衝動的理由殺害無辜的人，有什麼將來可言——如果是頭腦這麼簡單的人，肯定會直接殺死老闆兄妹吧。

再說，就算獨自旅行的女性比較好下手，也不代表其他人就雇了保鑣，完全沒有下手的機會。

退一百步，就算腦海中真的閃過這種念頭，只要考慮到自己的明天，都不可能基於這種動機而染指犯罪。

「嗯哼。明天嗎……對於只有今天的我而言，就跟昨天一樣，都是有等於沒有的日期。」

「啊，呃，抱歉，我不是這個意思……」

「別放在心上，我可是以此做為技能謀生的偵探——只是，再這樣下去可是會無法完成今天工作的呢。」

今日子小姐說完，自顧自地站了起來。

然後這麼催促御簾野警部。

「討論到一個段落了，可以讓我看一下現場嗎？」

——終於來了嗎。

距離時間到只剩下十五分鐘，看起來得承認要在退房時間以前破案，有現實上的難度——不過，舉凡住宿設施，通常都有延後退房的服務。

而且，要放棄還太早。

御簾野警部雖然不曾親眼見識那種戲劇化的場面，但是忘卻偵探以前曾經創下踏進案發現場的同時就看穿真相的紀錄——眼下還有十五分鐘，要對於破案速度最短紀錄保持人放棄期待，還為時尚早。

（話說回來，今日子小姐也早已忘了自己曾經神速破案的事蹟……）

換個角度看，她是個非常謙虛的人。

只是站在現場負責人兼委託人的立場，御簾野警部仍須事先想好備案。

「即使無法在中午前找出破案的線索，我也想請今日子小姐繼續協助調查，能麻煩你配合嗎？」

「那當然。」

今日子小姐二話不說地答應了。

「如果是那樣，雖然很遺憾，酬勞也會恢復成一般方式計算——真的很遺憾，我也是千百個不願意。」

今日子小姐把頭搖得像個波浪鼓似的，彷彿那將是世界上最無奈的事——她對酬勞的執著真是太驚人了。

「因為身為被叫到暴風雪山莊辦案的偵探，即便無法防止命案發生，希望最少也能阻止事情演變成連續殺人呢！」

連續殺人……嗎？

這也是推理小說的封閉空間作品裡一定會出現——甚至可說是必然展開的布局——然而現實生活裡卻絕少發生連續殺人案。

殺一個人跟殺兩個人沒什麼不同——若是在小說裡，兇手口出這種慣用句也是聽來痛快，不過一旦出現在現實裡，只讓人覺得缺乏真實感。

就算兇手打算連續殺人，也往往在犯下第二、第三起殺人案以前，就會被逮捕了……更別說是在封閉空間裡連續殺人，根本就是在拜託警方「請鎖定我並快點繩之以法」。等於是兇手自己執行消去法，縮小嫌犯範圍。

但御簾野警部卻無法回應兇手的期待。

不只是無以對死者，就連面對兇手都只能怨嘆自己不中用，這個案子真是太棒了！身為警察，能碰上這種案子真是死而無憾了！

「……」

嗯。

在心底自怨自艾得自虐到自得其樂境界的同時，御簾野警部打開房門，打算讓今日子小姐先出去，但她卻在即將走出房門的當口停下腳步——然後出神地抬頭仰望著天花板。

天花板就只是天花板而已吧。

死者也不是在正上方的房間裡遇害——所剩無幾的時間正一分一秒地流

逝，現在可不是發呆的時候。

「呃……今日子小姐？」

御簾野警部提心弔膽、語帶試探地問道。

只聽見她喃喃低語。

「封閉空間。命案。嫌犯名單。容易下手的。隨機殺人。連續殺人——有誰得利（Cuibono）。」

接著轉過頭面向御簾野警部——今日子小姐不僅沒在發呆，反而表情緊繃，以平常總是笑容可掬的今日子小姐來說，態度算是非常罕見的嚴肅。

「御簾野警部，可以請您立刻限制某位客人的行動嗎？」

「咦……限制行動？」

也就是說——她已經從被關在封閉空間的登場人物表裡鎖定兇手了嗎？

都還沒踏進現場——不僅如此，甚至尚未走出這個房間？

不過，儘管又更新了破案速度的紀錄，今日子小姐的臉上卻沒有一絲喜悅的神情——毋寧說，氣氛極為凝重。

「已……已經破案了嗎？」
「還沒有。如果我的推理是正確的——」
面對小心翼翼反問的御簾野警部，忘卻偵探這麼說道。
斬釘截鐵地說道。
「事情接下來才要發生。」

5

殺害獨自來到雪山旅行住宿的出雲井未知而得利的兇手，是情侶檔——是由他們兩人聯手犯下的命案。
昨晚，情侶檔女方來敲死者的房門，謊稱有事要找她，請她把門打開——同為女性，也讓死者失去了戒心吧。
接著由男方動手殺人。
光聽如此敍述，就只是一樁人殺了人的案子，沒有詭計也沒有花招，平凡無奇——然而不平凡之處，則在於其動機。

無冤無仇，也不是為了劫財。

御簾野警部著實難以置信他們之所以殺害才剛認識、說是彼此生命中的過客也不為過的死者，竟然是因為這種的理由——若不是由本人已然忘卻，但是戰績輝煌的今日子小姐口中聽到，他說不定只會把那樣的真相當成黑色幽默，一笑置之。

多少有點羨慕。

御簾野警部多少有點羨慕只要到了明天，就能將這個令人不忍卒睹的真相忘得一乾二淨的今日子小姐——明明是自己推理出來的真相，卻不承擔其中的哀愁，雖然感覺有些不負責任，但既然這就是忘卻偵探的法則，也沒什麼好說的。

今日子小姐只有今天。

這種事早在委託她以前就已經心知肚明——另一方面，犯下這起命案的那對情侶也是只有今天。

只有今天。

所以他們才會動手殺人。

他們因此獲得的利益是——時間。

「果然還是該思考有誰會因為殺害出雲井小姐而得利——早知道就該在提到『目的是讓民宿經營陷入危機』的假設時，進行更深入的思考了。」

今日子小姐如是說。

在她發表推理之前，警方已經遵照她的指示，限制那對情侶的行動，所以偵探的心情似乎也不再那麼緊張，表情恢復了從容。

「換言之，只要假設發生命案之後的展開都在兇手的計畫之中，並且正是要藉此達成目的，就能看見事情的真相。」

「……可是，那對情侶肯定不是打算要在這座山上蓋旅館吧？」

「當然不是。」

今日子小姐點點頭，回答御簾野警部的問題。

「其實可以想得更單純一點。御簾野警部說的沒錯，除非是推理小說故事，否則在人跡罕至的封閉空間動手殺人，實在極為不合理——但如果這才是兇手的目的，又會是如何呢。在封閉空間裡動手殺人——因此被鎖定為嫌犯，然後……」

被迫留在案發現場。

如果這才是兇手的目的。

今日子小姐說道。

然而儘管被她這麼說，御簾野警部一時半刻還是意會不過來——目的是被迫留在案發現場？

怎麼回事。莫名其妙。

老實說就只有這麼點感想。

和推理小說裡的那些令人拍案叫絕的名偵探推理相比——有夠現實的。

「所以說。」

像是看穿了御簾野警部的失落，今日子小姐繼續補述說明。

「因為發生命案，勢必會延長他們待在民宿裡的時間——即使不是推理迷也能想像得到，一旦發生命案，成了封閉空間裡的殺人嫌犯，警方就不會輕易放他們回家。」

「……」

好像有點明白了。

明白了——不想明白的事實。

內心的抗拒讓御簾野警部又問了一個問題。

「你是說，兇手因為想繼續住在民宿裡，才製造出了命案？」

不知不覺之間，御簾野警部的語氣變得像是在逼問今日子小姐——不去逼問兇手卻逼問偵探，真不知自己是怎麼搞的。

「沒錯，就是那樣。」

面對御簾野警部的咄咄逼人，今日子小姐一臉雲淡風輕地回答。

「這麼一來，不是三兩下就能鎖定兇手了嗎？經營民宿的老闆兄妹當然不用考慮，原本就打算還要在這裡待上好幾天的老夫婦，也同樣可以摒除在外。至於那一家四口，原本預定昨天退房離開，已經被迫多留了一天——

所以早在命案發生以前，就想回家了。」

因此採用消去法，得到那對年輕情侶檔就是兇手嗎？如果要談想不想回家，他們得知必須被迫留在這裡，應該也是非常困擾——甚至還厚著臉皮要求警方代為負擔住宿費用。

「那只是在演戲吧。他們應該也不認為警方真的會負擔住宿費——我猜那兩人只是想利用這種要求，來強調留在這裡並非他們的本意。」

倒是已經自費多住一晚的那家人因為實在壓力大，說不定是認真想和警方要點補償的——今日子小姐補充。

「或許應該看做是情侶檔眼見那家人鼓譟，才借題發揮。」

「……想多住一晚，告訴老闆不就好了嗎。因此殺人未免也太划不來——難道你要說他們是為了再多享受一天滑雪之樂，不惜痛下殺手嗎？」

「他們連一天都沒有享受到呢。昨天他們抵達後，天氣就變糟了。」

「那……那又是為什麼？為什麼不惜動手殺人，也要延長停留時間？」

這已經不是一時衝動了。

根本破綻百出。

御簾野警部已經覺得再也沒有比這個更糟的恐怖想法了——

「如果動機是那樣還好些……」

然而，今日子小姐卻暗示著有更糟的存在。

「划不划得來——能與動手殺人的價值相抵的動機，只有一個。至少是在他們兩人心裡，認為這是唯一能相抵的做法。」

「是……是什麼做法？」

雖然不想知道，但是在職業道德的催促下，御簾野警部還是問了。

「能夠與人命相抵的，也只有人命了吧——換句話說，能與殺人相抵的東西，基本上就只有殺人了。」

今日子小姐如此斷定。

以不容置疑的眼神——不容置疑的口吻。

以足以與其速度匹敵的推理能力——這麼說。

「簡而言之，就是為了殺人的殺人。」

為了殺人的殺人。

既不是為了誰，也不是為了什麼。

為了殺人的殺人。

……話說回來，今日子小姐既非萬能，也非全能。

雖然她是如此斷定，但也不是鉅細靡遺地掌握住事情的全貌，只是先想到最糟糕的情況，提前迅速採取對策而已——所以才會是最快的偵探。

這樣的決斷當然也會有陰溝裡翻船的時候，但是以這次來說，可以算是大大發揮了功效。

畢竟成功防範了連續「殺人」於未然。

就連出現在推理小說裡的名偵探，往往也很難辦到這一點——不過嚴格說來，今日子小姐這次攔下的並不是「第二起命案」，而是「情侶殉情」。

阻止了「真兇自殺」——這麼說也不盡然。

因為他們的目的打從一開始就是要殉情——不是來滑雪或玩滑雪板，而是以殉情為目的的旅行。

原本應該在前一天的夜裡就死去。

據說他們起先是打算在雪山裡浪漫相擁到凍死——御簾野警部雖然無法理解這種死法有什麼浪漫的，總之兩人似乎已經被逼到只想走上絕路。

可是，現實可一點都不浪漫，山上的天氣瞬息萬變——到了民宿一看，天氣糟到無法下山，當然也無法外出。

正當他們感嘆就連想一死也無法按照計畫進行之時，突然靈感一來——要是這間民宿現在發生命案，他們就會回不了家了。

回不了家——就可以不用回家了。

……並不是錢的問題。

並不是沒錢多住一晚等天氣恢復正常，甚至女方其實還是有錢人家的大小姐——但光是明白這一點，就能隱約知曉端倪。

被逼得走投無路——一心想走上絕路。

別說是殉情，就連一同外出旅行也不被允許——之所以無法多住一天，並不是錢的問題，而是家庭的問題。

由此可知，他們必定是瞞著家人出來，要是沒有警察公權力的介入，有人來接就只得乖乖回家，沒有選擇——不，實際上明明還有許多選擇，但被逼得走投無路，滿腦子只想走上絕路的他們，卻什麼也看不見。

所以殺了人。

偶然也住進這間民宿，那天才認識互道「初次見面」的無關第三者——只因為最容易下手，所以殺了她。

……原本還為這對情侶的未來擔心。原本以為只要多少考慮到自己的明天的人，都不會選擇在封閉空間裡殺人——結果都是白忙一場。

別說將來，他們連明天都不放在眼裡。

他們只有今天。

所以才會有如撲火的飛蛾，什麼事都做得出來——因為他們認為只要能度過今天，此生便可無憾。

然而卻被同樣只有今天的今日子小姐看穿他們的詭計……這是多麼諷刺的展開，又是多麼無奈的結局。

利用為了掩飾目的的表演，順利地讓御簾野警部把他們留在案發現場，但若是沒有為求逼真，提出由警方負擔住宿費用的要求，今日子小姐就不會出現在這座雪山上。

結果他們倆不但沒能為了殉情多住一晚，接下來還必須依照原定時間退房，當地人也不會知道兩人是對苦戀的浪漫情侶，只會記得曾有兩個來路不明、形跡可疑的犯罪者——他們的一切行為及算計，都是一場空。

「不管怎麼說，做壞事和犯罪都是不合算的。」

「可是即使心地善良，與人為善地過日子，也可能會莫名其妙被毆打致死呀。」

御簾野警部試圖以自己能夠理解的方式來為這起命案做出結論，卻被今日子小姐賞了一記回馬槍。

這位偵探似乎不願意讓聽眾輕鬆地消化——雖然從頭到腳都宛如出現在推理小說裡的偵探，卻由始至終都散發著現實主義者的氣息。

「……那今日子小姐呢？」

「什麼？」

「今日子小姐是為了什麼而推理……為了誰當偵探呢？」

正準備下午要去滑雪的今日子小姐露出和煦笑臉，與推查到案外有案時的嚴肅表情截然不同，不假思索地回答了這個找碴般的問題。

「推理本來就不為什麼，至於我之所以當偵探，也不是為了任何人——不過，倒是可以賺到錢就是了。」

這回答與其說是嘲諷，不如說是徹底展露出今日子小姐的現實，而且非常實用。

第二話

掟上今日子的敘述性詭計

1

「敍述性詭計在推理小說多如繁星的詭計裡，又是極為特異的手法。」
針對二二村警部的提問，忘卻偵探掟上今日子給了一個這樣的回答——
雖是在警察局的偵訊室裡與警官面對面，她卻沒有半點恐懼的樣子。
當然，她並不是以嫌犯或關係人的身分接受調查，而是做為搜查顧問前來，但因為沒借到會議室，只好在偵訊室裡談話——然而她那落落大方、不卑不亢的態度，反而令二二村警部心跳一百。
「特異的手法……是嗎？」
「是的。也可以說是推理小說特有的——『懸疑推理』這個領域自成立以來，歷經無數次的變遷，概念遍及連續劇、漫畫、卡通、遊戲等表現方式，但是能夠使用敍述性詭計的，只有推理小說。」
今日子小姐十分肯定，接著話鋒一轉。
「換個角度來看——所謂『推理小說』，全都是敍述性詭計。再說極端一點，舉凡是推理小説，都必須用上敍述性詭計。所有推理小説都理當是為敍述性詭計。」

無論是不在場證明、密室、暗號、誰是兇手、手法為何、死前留言、失落環節、交換殺人、肢解屍體、有誰得利，當推理被寫成推理小説的時候，前提都是做為敍述性詭計進行——聽到這裡，二三一村警部不禁正襟危坐。

「就……就像是一切詭計的起源嗎？」

「要説是起源嘛，倒也有點太誇張了。」

今日子小姐卻聳聳肩。

「不是那樣的。」

感覺好像一拳打在棉花上。

「畢竟反過來説，敍述性詭計也只能使用在推理小説之中。」

「什麼？」

「我並不是在説『密室詭計是推理作家妄想下的產物，不可能發生在現實之中』那種一般論——而是無論再怎麼瘋狂的推理迷，就算分不清現實與推理小說的而犯下罪行，也無法在現實世界重現敍述性詭計——因為敍述性詭計並非兇手能夠布置的機關，乃是作者才能安排的詭計。」

所以——

今日子小姐話講到一半，頓了一下，像是要開導迷途小羊般，向坐在對面的二二村警部輕聲說道。

「所以說，『兇手利用敍述性詭計殺死被害人』這種事情——是不可能發生的。」

2

身為一名保護市民安全、維持社會秩序的警官，二二村警部居然從沒看過推理小說。提到「名偵探」，他腦海裡也只有戴著獵鹿帽、叼著菸斗、穿著圓領短披風的瘦高男人這種古典的刻板印象——也因此，看到透過前輩穿針引線，千辛萬苦請到警局來的「破案最快的忘卻偵探」那一身極為現代風格的穿著打扮時，不由得大吃一驚。

出現在他眼前的「名偵探」，是一名戴著與全白髮色相映生輝的毛帽，身穿長版牛角扣大衣，把雙手藏在毛茸茸的毛海袖筒裡面，個頭嬌小，戴著眼鏡的女性。

「初次見面，我是置手紙偵探事務所的所長，掟上今日子。這次承蒙惠顧，不勝感激——無論是什麼樣的委託內容，我都會在一天內忘掉，所以什麼事都可以拿出來討論。」

說完，名偵探深深地低頭行了個禮。即使姿勢放這麼低，帽子也不會掉下來，大概是用髮夾之類的固定住了吧——二二村警部想著無關緊要的事。

不管怎樣，那畢竟是她的招牌。

不，不是指帽子……是指記憶重置的事。

只要一睡著，記憶就會重置——無論接受什麼樣的委託、調查過什麼樣的案件，都會忘得一乾二淨——身為偵探，再也沒有人比她更能遵守保密義務了，正因為她的這項特質，才能以一介平民老百姓的身分，得到是為公家機關的警方來自全國各地希望她協助辦案的委託。

「可是這麼一來，不就連自己是誰也不知道了嗎？」

二二村警部是第一次與今日子小姐共事，於是便直言不諱地對她提出發自內心的疑問。即使面對已經見過第二次、第三次的人——像是與今日子小姐多次共事，還把她介紹給二二村警部的前輩——看到每次再度合作都是「初次見面」的她，會產生這樣的疑問是再自然不過。

「請不用擔心，就像這樣。」

今日子小姐捲起左手的袖子。只見手臂上用簽字筆寫著「我是掟上今日子。二十五歲。偵探。記憶每天都會重置」——最基本的個人檔案。原來如此，這個似乎就是所謂掟上今日子的備忘錄。

「所以呢，找我有什麼事？」

寒暄與自我介紹都只點到為止，今日子小姐極有效率地切進工作模式——基於忘卻偵探每天都會失去記憶的體質，大概一分一秒都不能浪費吧。

別說是忘卻偵探，連偵探這行究竟在幹嘛都不甚熟悉的二二村警部，本來希望能更慎重地拿捏彼此之間的距離感，但看起來並沒有那個美國時間——於是，二二村警部便將今日子小姐帶進偵訊室。

「事情發生在某個合宿所。」

「某個是哪個？」

原先想簡單扼要地說明一下，今日子小姐卻反問起細節——這大概是她身為偵探的行事作風吧，雖然覺得跟自己的做事方法有些出入，二二村警部還是補充說明。

「是一個名為鳥川莊，位於劫罰島上的合宿所。」

「劫罰島……聽起來還真凶惡，好像是會出現在橫溝正史的小說裡的名稱呢。相較之下，居然叫鳥川莊……落差也太大。啊，請繼續。」

今日子小姐下了個短評，催著二二村警部繼續說下去。只不過——橫溝正史是誰啊？有哪個內行人才知道的推理作家叫這個名字嗎？

「被害人是利用寒假前往那個落差太大的鳥川莊進行合宿的大學社團成員之一。當時一共有兩個來自不同大學的社團住在鳥川莊裡……呃，我還是寫下來好了。」

感覺今日子小姐似乎想知道得詳細些，所以二二村警部很貼心地打算找張紙列出涉入本案的相關人員姓名，名偵探卻在他拿出鋼筆時開口攔阻。

「請等一下，留下書面記錄有違忘卻偵探的作風。所以，如果您一定要寫下來的話，請務必寫在這裡。」

說完，今日子小姐便挽起右手的袖子，將手臂伸到二二村警部面前——看樣子是要他寫在手臂上。

如同他這輩子還沒看過推理小說，二二村警部這輩子也還沒有機會在別人的皮膚上寫字，但是既然本人堅持，他也不好推辭——明明是在偵訊室這個自家主場裡談話，不知怎的，卻感覺完全被對方牽著鼻子走。

掌握主導權也是最快的嗎。

不過，考慮到鋼筆的筆尖太過尖銳，二二村警部走出偵訊室，到辦公室拿了自己桌上的簽字筆過來。

接著對照手邊記事本上的內容，在今日子小姐的手臂寫上以下資訊。

樫坂大學推理小說研究會

千良拍三（ちら　はくぞう／Chira Hakuzou）

美女木直香（びじょぎ　なおか／Bijyogi Naoka）

夥田芳野（おびただだた　よしの／Obitadata Yoshino）

大隅眞實子（おおすみ　まみこ／Oosumi Mamiko）

石林濟利（いしばやし　なりとし／Ishibayashi Naritoshi）

壽壽花大學輕音社

雪井美和（ゆきい　みわ／Yukii Miwa）

里中任太郎（さとなか　にんたろう／Satonaka Nintarou）

益原楓（えきはら　かえで／Ekihara Kaede）

殺風景（ころかぜ　けい／Korokaze Kei）

兒玉融吉（こだま　ゆうきち／Kodama Yuukichi）

「嗯哼。」

看到二二村警部已經寫完，今日子小姐收回伸出的手，翻過手臂確認其上的一字一句。

「是登場人物表呀。這可是推理小說必備產品呢。」

「是嗎。」

對二二村警部而言，就只是相關人士的名單而已。

或許也大同小異吧。

再加上二二村警部就是為了多了解「推理小說」一些，才會請今日子小姐過來的。因為本案的被害人——正是推理小說研究會的成員。

「被害人是千良拍三同……先生。」

下意識地險些以「同學」稱呼，但想想千良拍三雖然還是學生，卻也已經成年了，而且年齡和自己也並未相去太遠，所以改了口。

「他是社團的社長，這趟旅行也是由他主導的。卻在合宿旅行第二天的十二點過後，遭人毆打頭部，失去意識——凶器則是平台式鋼琴。」

「什麼？」

又被今日子小姐反問了。

不過，無論是否合乎忘卻偵探的作風，正常人都會反問吧——聽到這裡要是沒反問才有問題。雖然這項事實早已眾所周知，新聞也鬧得沸沸揚揚，但對於記憶每天都會重置的忘卻偵探而言，卻是第一手消息。

「凶器是平台式鋼琴。」

二二村警部以清楚的發音再重複一遍。

「千良先生先是被人用平台式鋼琴猛毆腦袋，不支倒地。接著兇手再把鋼琴往他身上一扔，壓死了他——現場的情況十分詭異。」

儘管明白不該加入自己的意見，二二村警部還是忍不住陳述了個人的感想。但這也是所有偵辦人員共同的見解——人體被壓在平台式鋼琴底下的慘狀，實在是超乎想像。

「如此聽來，莫非是像綠巨人浩克般的大力士抬起平台式鋼琴，拿著鋼琴毆打千良先生的頭部不說，最後還把鋼琴往倒地的他身上砸？」

今日子小姐好似自言自語地這麼說，她應該不是認真的——話說回來，這凶器也的確怪到讓人只得這麼想。

一般人是不會拿平台式鋼琴來當凶器的。

甚至不會想去抬。

無論使出什麼手段，做為凶器都太不合常理了。

「對了，請問那架平台式鋼琴大概有多重呢？」

「大約三百公斤左右吧。」

「……也有舉重社的朋友住在那個合宿所嗎？」

雖說不曉得今日子小姐問這問題到底有多少是認真的，但二二村警部仍然據實以告。

「並沒有，當天住進合宿所的人員，只有推理小說研究會和輕音社這兩個社團的人而已。鳥川莊設有錄音室，還提供樂器的租借——成為凶器的平台式鋼琴也原本就是合宿所的設備。」

「嗯。這麼一來，就產生另一個問題了。輕音社也就罷了，推理小說研究會的成員為何會下榻於鳥川莊呢？」

「雖然入宿者以音樂人居多，但鳥川莊本身倒也不是非得要對音樂有興趣才能入住的設施……我曾問過推理研究會成員同樣的問題，得到的回答是『我們的活動在哪裡都可以進行，所以在什麼地方都能辦合宿』。」

繼續追問「既然在哪都能進行活動，何必辦合宿」感覺不太好。畢竟他們是大學生，出門過夜旅行就像是應盡的義務——可惜卻引發了悲劇。

「推理社團舉辦合宿，結果發生了悲劇——在很久以前的推理小說裡，這可是固定橋段呢。」

自稱從「某個時期」開始就無法累積記憶的今日子小姐都說是「很久以前」了，大概是更久以前的趨勢——但看在對推理毫無概念的二二村警部眼中，世上居然會有這種社團就已經是文化衝擊。嘴上說著「活動在哪裡都可以進行」，但到底是從事什麼活動的團體，聽他們講了了半天也聽不出個所以然。研究會？是在研究什麼呢？輕音社雖然同樣是與二二村警部無緣的世界，但「致力於提升演奏水準」的社團宗旨至少還容易理解得多。

「看在輕音社成員眼中，或許會覺得『連樂器也不會彈的傢伙來音樂人的合宿所幹嘛』也說不定。」

由於今日子小姐的語氣宛如閒話家常，所以二二一村警部也不以為意地回以「就是說啊」──甚至還點頭稱是，實在是太輕率了──今日子小姐會這麼說，大概是想試探是否有可能從動機來分析吧。

說溜嘴了。

居然在偵訊室裡說溜嘴，真是個不及格的警部。

於是他打起精神，重新回答。

「兩個社團之間的確瀰漫著一觸即發的氣氛──但警方尚未能斷定是否即為引發這起凶案的背景。縱使凶器是鍵盤樂器，也不能就此研判輕音社有嫌疑。而且要說『正因為是輕音社，才更不會拿樂器當凶器』也說得通。」

「也是，想清楚犯案手法，拿鋼琴做為凶器的理由就顯而易見了。」

這句話同樣是講得輕描淡寫，使得二二一村警部差點又脫口而出「就是說啊」──什麼？犯案手法？做為凶器的理由？顯而易見？

什麼意思？

「呃，我是說，使用平台式鋼琴做為凶器的理由及其方法——嚴格說來，理由可能有兩種，應該不至於有第三種。只不過……」

今日子小姐一派輕鬆地說著。說得輕鬆——那麼奇妙的現場、那麼奇妙的凶器，她卻完全不在意。

「——而這次您找我來，並不是要我解開匪夷所思的犯案手法吧？您在電話裡是這麼說的——根據我的記憶，您找我來的最主要理由，是要我提供針對『某種詭計』的解說。」

聽忘卻偵探談起記憶的感覺實在詭異，但是聽說每天直到重置之前，也就是在一天以內，她的記憶力可是遠遠超過一般人——既然如此，的確沒有「登場人物表」也無所謂。

二二村警部一面這麼想著，一面切入主題。

「沒錯，關於敍述性詭計。」

對於從沒接觸過推理小說的他而言，這才是主題，而且是最大的難題。

「今日子小姐，所謂的敍述性詭計，到底是什麼樣的詭計呢？」

3

發現時，被害人千良拍三整個身體被壓在平台式鋼琴底下——手中則緊握著自己的手機。

「就是這支手機。」

二二村警部將有問題的手機放在桌上。但今日子小姐並未伸手去拿——即便已知採取過指紋，仍不隨意徒手接觸物證，可見她是為偵探的專業。

當然，二二村警部也戴著可以操作觸控式螢幕的手套——手機也已經預先充好電了。

「畫面跟發現時一樣嗎？」

今日子小姐把臉湊近桌子上的手機，一邊目不轉睛地端詳，一邊問道。

「是的，一模一樣。就是在這種狀態下被握在被害人手中。」

畫面中顯示著一本書的封面。

『XYZ的悲劇　岸澤定國』

這並不是桌布。

是運作中的電子書閱讀軟體——只要用手指一滑，理應會切換至目錄。

「原來如此，電子書呀。看來在我不知不覺之間已經徹底普及了呢——正確地說，是在我忘記的時候。」

今日子小姐嘖嘖稱奇。

或許不只電子書，就連智慧型手機本身，對她而言都是「很新鮮」。

然而，和二二村警部不同，她知道《XYZ的悲劇》這本書。

「這可是岸澤定國發表於泡沫經濟時代的代表作喔。書名的感覺很像是在惡搞艾勒里・昆恩（Ellery Queen），但內容卻十分扎實，上下集加起來超過一千頁，要帶著走可不是件容易的事。」

今時今日竟然已經可以下載到行動電話裡頭，真是好方便的時代啊——今日子小姐說道。

「對了，提到作者岸澤老師，他可是與須永昼兵衛齊名的推理小說界巨擘。在我這個年紀，絕不會有人沒看過他們的作品。」

要是放著不管，今日子小姐應該會一直沒完沒了地講解下去——當然，就是為了聽她講解，才會請她大駕光臨，可是關於這部分的高見，已經聽推理小說研究會的成員發表過。聽到二二村警部都快要會背了。

「這樣嗎。那我就放心了。原來這部傑作現在也仍舊被人們閱讀著。而且還得以電子書化永續流傳，真是太好了。」

今日子小姐興高采烈地說道。但是聽在日前遭受被害人的朋友們諸如「真不敢相信，你居然沒看過『這部傑作』，而且連書名都沒聽過！」之類猛烈砲火洗禮的二二村警部耳中，心情實在複雜——就算她說「在我這個年紀絕不會有人沒看過他們的作品」，怎麼想也絕對是沒看過的人比較多。

艾勒里（Ellery）．昆恩（Queen）？

會叫做昆恩（Queen）……女王？大概是女作家吧，可是二二村警部聯想到的也只有這麼點——至於須永昼兵衛這位作家的名字，前陣子曾在新聞節目裡拜見過，但就僅止於此，也沒能從節目裡得知他寫過哪些書。
不過，相信研究會的人也不是真心責怪二二村警部的無知——必定是只能採取這種方式來宣洩目睹伙伴遭逢悲劇的心情。
總之，二二村警部試著拉回主題。
「據他們所述，《XYZ的悲劇》是一本敘述性詭計的傑作。被害人遇襲後刻意讓手機螢幕顯示出這本書，緊握手中——所以這一定是所謂的死、死、死死……」
「死前留言。」
見二二村警部支支吾吾地說不上來，今日子小姐替他把話說完整。
「來自死者的留言——一般認為是由偉大的艾勒里·昆恩所發明，也是推理小說的重要主題之一。」
原來艾勒里·昆恩很偉大呀？
真不負其女王的威名。
至於所謂「死前留言」的定義，二二村警部已經聽推理小說研究會的成員講解過了。

「被害人在臨死前所留下，用以指認兇手的線索……由於直接寫下『殺我的是某某某』可能會被兇手發現處理掉，所以常常故意寫成像是暗號般的內容……沒錯吧？」

「是的。大致上可以這樣理解。」

沒錯。

這種程度的話他明白——並不難理解。先不管是否真有其事（至少二二村警部至今從未遇過），但就算有也沒什麼好奇怪的。做為一種心理狀況，被害人想寫下對兇手的怨言，仍是符合常理——臨死之前腦子不清楚，寫成謎樣文章也是同樣。

問題是，敘述性詭計是什麼？

敘述？

「據研究會成員所述，被害人千良先生是作家岸澤定國的忠實書迷，甚至宣稱自己把他所有的作品全都背了下來。在眾多作品之中，千良先生又將《XYZ的悲劇》視為『敍述性詭計』的代名詞——會緊握著那本書而死，表示使用平台式鋼琴毆打、壓死他的凶行，或許跟敍述性詭計有所關連。」

「研究會的成員這麼說嗎？」

「啊——呃，倒沒有。」

這部分是二二村警部自己的推論。才會打電話給傳說中的「名偵探」，請她來講解何謂敍述性詭計——只是，看樣子似乎是多此一舉。

所謂的敍述性詭計，似乎不是二二村警部以為的那樣——像是怎麼抬起平台式鋼琴來打人的詭計。

是極為特殊、絕無僅有的詭計。

並非兇手對被害人或檢調行使的詭計，而是作者對讀者使出的詭計。

只能用在推理小說裡，抑或是所有推理小說都會用上的詭計——雖然今日子小姐這麼說，但二二村警部還是聽得滿頭霧水。

「……不過，其實今日子小姐已經知道——兇手為何要用平台式鋼琴來做為凶器了吧？」

「先知道的是手法。只要知道手法，自然能推察出原因。」

「那也跟敘述性詭計無關嗎？」

二二村警部不屈不撓地堅持己見，今日子小姐卻滿臉笑容。

「是的，沒有關係。」

一刀兩斷。

真是傷腦筋——二二村警部心想。

自己一頭熱地委託她，不過對於偵探而言，似乎是白跑一趟。真不知該怎麼向她道歉才好。

看樣子是非常初步的誤會，只要問同事，或是更認真地聽取研究會的成員們講解就能知道的事情——儘管如此，該說是塞翁失馬，焉知非福嗎，似乎因此掌握到這起奇妙案件的真相了。

「還不能說是真相。就算不乏搞清楚詭計就能鎖定兇手的案例，但這次並非如此——因為每個人都能用平台式鋼琴傷害被害人。」

「每……每個人都辦得到嗎？」

「是的。即使不是舉重社的人，只要有心，就連我也辦得到。」

她悠悠地說。

今日子小姐也辦得到嗎？

用她那條頂多只能寫下十個名字的細瘦手臂，抬起三百公斤重的平台式鋼琴嗎？

「二二村警部當然也辦得到喔。」

「是、是嗎……」

那當然，如果連今日子小姐都辦得到，二二村警部不可能辦不到的——只是就算辦得到，要不要這麼做又另當別論。是什麼樣的理由，會讓人想用鋼琴砸另一個人呢？

「哼哼。因為實在不是什麼了不起到值得賣關子的詭計，不如我先來解開這個謎團吧？」

「什麼？」

只能說是令人震撼的案發現場被今日子小姐下了個「不是什麼了不起

的詭計」的評價這點固然驚人，但是「先來解開這個謎團」的「先來」更是讓二二村警部大吃一驚——意思是說「後來」還要解開什麼謎團嗎？

死前留言？

推測兇手？

還是——敘述性詭計？

「請放心。置手紙偵探事務所會包辦一切到好——關於套裝費用，請容我到最後再跟您說明嘍。」

忘卻偵探若無其事地暗示將提高收費之後，說聲「接下來」便切進了主題。

4

「用常識思考，拿鋼琴，而且是拿平台式鋼琴來打人——而且還要打到人的頭——基本上是不可能的。要將重達三百公斤，體積還大到雙手無法環抱的物體抬到成人男性頭部的高度，若非是舉重社的成員絕無可能。」

為何今日子小姐會對舉重社有那麼深厚的信賴呢（難道是因為她喜歡肌肉男嗎？）事實上，連舉重社的人也不可能吧——平台式鋼琴可不是槓鈴，並沒有設計成讓人能憑一己之力抬起來的形狀。

更別說要抬到頭部的高度，就算被害人以外的所有人聯手，集合九人之力也辦不到吧。

「所以即使從傷口或頭蓋骨的凹陷狀態研判凶器是平台式鋼琴，一般也不可能推斷是抬起鋼琴來行凶——應該會解釋為兇手抓住被害人的頭，用力地往放在地板上，靜止的平台式鋼琴邊緣猛敲。但是發現者與現場的鑑識官卻不這麼想，為什麼呢——我想，原因出在被害人被發現時的狀態。」

「發現時的狀態……你的意思是？」

「我的意思是，被壓在平台式鋼琴底下的狀態。先不管用了什麼方法，兇手的確移動了平台式鋼琴——不僅如此，還把鋼琴砸在不支倒地的被害人身上。一旦看到這麼匪夷所思的現場，就會產生『兇手是能抬起平台式鋼琴的大力士』這種印象——也說不定。」

今日子小姐噗哧一笑，接了句「抱歉」。或許是自覺用詞不太妥當。

的確，雖然不至於想到什麼「大力士」，但或許會傾向認為是有人利用某種方法將平台式鋼琴抬起來。

因此。

才會產生「頭部傷痕也同樣是用平台式鋼琴砸出來」的假說——然而，並沒有人親眼目擊案發過程（要是有目擊者，當場就能鎖定兇手了）。

「也就是說，頭部傷痕並不是被鋼琴砸出來，而是碰撞造成的嗎？」

「除此之外沒有其他可能吧。」

看她說得這麼肯定，的確會覺得再也沒有其他可能——太單純了，單純到令人感到羞恥。

「應該把『頭部的傷』和『壓在鋼琴底下』分開來解釋。如此一來，綠巨人浩克就不用背負殺人兇手的污名。」

沒有人懷疑綠巨人浩克。

更何況。

「就算如此，為了將昏倒的被害人壓在平台式鋼琴『底下』，還是得把鋼琴抬起來不是嗎？」

縱使集合九人之力也辦不到吧。

即便被害人已經倒在地上，但是要壓死他，還必須把鋼琴整個翻過來。由於平台式鋼琴下半部是空的，要將鋼琴上下顛倒，用那個叫……鋼琴的蓋子嗎？總之像是屋頂的部分壓在被害人身上才行——

當然不這麼做也不是不行。

還是有什麼非得把鋼琴壓在被害人身上的理由呢？

理由……

「兇手確實有著非這麼做不可的理由。但就算要這麼做，也不用因此就把平台式鋼琴抬起來——畢竟凶器終究是種樂器嘛。」

今日子小姐說。

「可以拆開的。」

「啊……！」

「只要拆解到不能再拆解的地步，再將其上下顛倒地在被害人身上組裝起來就行了——這麼一來，即使只有一個人，也可以不用抬起鋼琴，就把平台式鋼琴『壓在被害人身上』。」

「……」

可以。不——可以嗎？

雖說比起推理小說還不算陌生，但是二二一村警部對於音樂也稱不上很有研究，因此從未想過拆開鋼琴這件事，不過說得也是，畢竟鋼琴不是鋸下一整塊巨大木材，從中雕刻出形狀的——鍵盤和琴弦，也都是個別的零件。

像模型那樣拆開再重組，理論上不無可能——只是，平台式鋼琴畢竟不是模型，並不是用塑膠製成的。

即使用螺絲起子拆解，也不是一件容易的事吧——像是頂蓋部分，要憑一己之力抬起來仍然太重吧？還得倒著組裝回去，光是想像該怎麼裝就覺得比登天還難，再加上進行這項作業時，下面墊著一具凹凸不平的人體……

「很累人吧。不要只想用螺絲起子，把剪鉗也拿來用就好啦。」

「剪……剪鉗？」

「哎呀，我說『剪鉗』是以組裝模型來比喻，在這裡應該會是像撬棍或榔頭之類的工具吧。反正也不用規規矩矩地組裝回原本樣子——因為那架平台式鋼琴已經『砸在不支倒地的被害人身上』了，有些破損或毀壞也無妨——不管是琴蓋裂開、框架散開都無所謂。無法恢復原狀的部分，就放著四分五裂也沒關係——這樣還比較有真實感吧。雖說是『抬起巨大且笨重的鋼琴』這樣荒唐無稽的真實感。」

若原本設置著平台式鋼琴的房間就是案發現場，想必隔音效果很好，可以毫無顧忌地費時進行組裝作業。

今日子小姐這麼一說，讓二二村警部驚訝到頓時語塞——當下只覺得連現場照片都還沒看過，就能展開這般推理真是令人汗顏。至於案發地點的確是一間密閉的錄音室，而壓在被害人身上的鋼琴也確實並未保持原狀。

這個人是千里眼嗎。

還是因為她是「名偵探」呢。

只不過，若說她的推理完全沒有可以討論的空間，倒也未必——「是否有人在案發現場實際進行過組裝鋼琴作業」應是一查便知，但重點在於兇手為何要做這種超乎想像的苦差事。

如果不能就這點來說服他，這些推理就跟「從每個日本國民手中拿到一塊錢，就能賺一億圓喔」沒什麼兩樣，只是紙上談兵。

「偵探的推理基本上都是紙上談兵呢。」

今日子小姐看了始終放在桌上的被害人手機一眼。

「至於剛才的則是掟上談兵……開玩笑的，別擔心，我都說我已經知道原因了。就我的記憶所及，我從未說過謊。」

這也只能視為她今天尚未說謊。但是今日子小姐的確說過，只要知道方法，就能知道原因——還說有兩個可能的原因。

「這是很單純的推理小說常見法則——布置成不可能犯罪，是為了讓人以為這不可能是犯罪。雖然也有很多案例是由於巧合或失敗接二連三地發生而偶然形成的不可能犯罪，但那種推理實在一點都不美。」

那是你個人的喜好問題吧……

不過，二二村警村並未反唇相譏，而是默默傾聽名偵探的高見。

「以這次的情況來說，可以想像兇手其實手無縛雞之力，才會藉由布置案發現場，塑造出下手的是『能抬起平台式鋼琴的人』，好讓警方不會懷疑到自己頭上。例如像我這種弱女子的纖纖玉手，別說是平台式鋼琴了，連電子琴都抬不起來，根本不會有人認為我是兇手吧？」

「原來如此……也就是說，兇手是這兩個社團的女社員……慢著。」

話說到一半，想法又變了。

但大前提不是「連強壯的成年男性也無法抬起平台式鋼琴」嗎——這樣不光是自己，所有人都會被摒除嫌疑。

就擺脫嫌疑而言，倒不算沒有成效，而且還想讓伙伴們也一起退到嫌疑圈外的用心，甚至是令人佩服……

「不過也可能只是滿腦子想著如何讓自己擺脫嫌疑，沒想太多罷了。

只是那天剛好沒有舉重社的人入住，才會意外讓所有人都沒了嫌疑，形成不可能犯罪的狀況。」

今日子小姐真是有話直說。

「……這、這就是剛才提到的，因為巧合或失敗造成的不可能犯罪？」

「畢竟這可不是推理小說，而是現實哪。」

今日子小姐雙手一攤，苦笑著推翻自己說過的話。

「順便提一下另一個可能的原因。可能是想讓人以為『兇手是女社員，或是手無縛雞之力的男社員』。」

「好讓自己擺脫嫌疑——是這樣嗎？」

簡言之，是想故布疑陣，讓人以為兇手是手無縛雞之力的人——但若是如此，就表示詭計遭到破解其實是計畫的一環，而且仍會遇上同樣的問題。

因為誰也無法抬起平台式鋼琴。

「不管怎樣，兇手打的如意算盤落空了——縱使不說是毫無意義，至少沒能照著他的計畫走。」

「雖然剛才我說沒有第三種可能性，但如果徹底追究，其實還有一種可能性。」

說著，今日子小姐豎起一根手指頭。

這個人的肢體語言還真多。

莫非是曾在國外住過嗎？就算有，應該也忘了吧。

「第三個理由……是什麼呢？」

「就是『因為剛好想到就做了』種可能性。該說是沒有什麼道理嗎，總之理由就是沒有理由。」

沒有理由。沒有道理。

感覺很像是「因為很煩所以就動手了」——是「因為剛好想到拿平台式鋼琴做為凶器的詭計，就不管三七二十一地動手做做看」這麼回事嗎？

「就是這麼回事。不過請把這個理由視為推理小說的最後殺手鐧。」

「咦……可是，現實中其實還挺常見的。像是毫無動機的殺人、目的不明確的犯罪……」

「現實是一回事，我並不是否定心靈有黑暗面，但是確實解釋『為何要採取這麼大費周章、莫名其妙的殺人手法』乃是推理小說的精髓，謎底若是『因為剛好想到就做了』難免會受到抨擊，作者會被批評太不用心。」

推理迷的標準還真嚴格。

或許是察覺到二二村警部有些畏縮，今日子小姐巧妙轉移話題。

「基於最新的行動經濟學，人不見得凡事會採取合理的行動。」

不知她口中的最新是指多早以前，還是今天早上剛吸收的知識。

「總而言之，兇手基於這其中之一的原因，才選用平台式鋼琴來犯案——執行方法可能跟我想的不太一樣，但應該八九不離十。重點在於這並非不可能的犯罪，而是可能犯罪。」

「這麼說倒也沒錯……只要有一種方法，就有可能辦到……」

「所以，讓我們乾脆放棄從犯案手法來鎖定兇手，直接進入死前留言的檢證吧。」

敍述性詭計——是吧。

這時，今日子小姐面露抑鬱的神情。

看來比起平台式鋼琴的詭計，這方面的解釋更是難題。

5

「二二村警部，我有個不情之請——可以把您的手套借給我嗎？」

「咦？沒問題……怎麼了嗎？」

「我想先滿足二二村警部的期待，解釋清楚敍述性詭計究竟是什麼，但我也想同時利用這段時間，用那支手機來讀一讀《XYZ的悲劇》。」

我其實還沒看過呢——今日子小姐說。

她其實還沒看過啊。

這個人剛才還那麼滔滔不絕地對根本還沒看過的書發表高見……不過這是讀書人常犯的毛病。另外，畢竟她是忘卻偵探，也可能其實曾經看過，只是忘記了而已。

總之，把手套借給她，讓她用被害人的手機閱讀那本書當然沒有任何問題，但即使是對推理小說沒什麼概念的二二村警部，也能想像「邊玩手機邊解謎」的「名偵探」應該是前所未見。

話說回來，忘卻偵探會使用今天之前不曾看過（看過也忘了）的最新智慧型手機嗎？就算會用，能夠同時深入淺出地說明敍述性詭計為何物，讓對此一無所知的自己也聽得懂嗎——二二村警部在偵訊推理小說研究會成員時已經見識過了，狂熱分子對非我族類總是特別嚴格。

還以為聽到外星人講話。

身為負責偵辦此案的警部，實在是夠窩囊了。

「喔哦！現在的電子書好厲害啊，翻起頁來好順喔。畫面也很亮，讀起來好輕鬆。時下的年輕人除了這本以外，不知還珍藏了什麼書哪？」

「呃，今日子小姐。請你集中精神閱讀《XYZ的悲劇》好嗎？」

看樣子今日子小姐的適應力極高，對她而言操作手機根本不是問題，真是萬幸。

「還有，也希望你詳細說明何謂敍述性詭計——我已經知道兇手並不是用那種詭計抬起鋼琴——那麼，敍述性詭計到底是什麼？」

「我就說啦，是作家對讀者布下的機關——或該說是種後設的手法。」

「後設？後設是什麼意思？」

「如果我說了什麼您聽不懂的話，請您聽聽就好，不必深究。而且這已經是前一陣子的流行了。就像社會派呀本格系的，推理小說也經歷過各種不同的時代。」

今日子小姐感慨萬千地說著以前（大概是很久以前）的事。

雖然不太懂，但既是「社會」又是「本格」又有「派」還有「系」的，二二村警部原本以為推理小說就只是娛樂，但聽起來是個挺政治的世界。

「話題扯太遠，我接下來就只針對敍述性詭計做說明吧。一言以蔽之，敍述性詭計就是『因為是文章才能成立的詭計』。」

「『因為是文章才能成立的詭計』……所以才會說敍述性詭計是推理

小說特有的詭計嗎？」

「是的。無論是連續劇、漫畫或卡通，都不可能使其成立。」

二二村警部心想她會不會說得太過武斷，但就當是「聽不懂的話」，不去深究——繼續聽下去。

「當然，這並不表示在創作推理故事時，小說會比其他表現手法更為優越，這反而是因為小說這種表現手法極為原始，才得以保留的傳統技藝。請容我再重複一遍，只要是推理小說，或多或少都一定要靠敍述性詭計。」

「呃……一定，是嗎。」

這會不會也太過武斷了？

語氣雖然很平靜，但這個人說話都滿武斷的。

甚至可以說是獨斷。

「因為在寫作推理小說時，作家會刻意模糊兇手及詭計的存在，讓讀者無法一看就明白。明明『寫作』這件事，原本應該是要將作者的意圖明白傳達給讀者知道的手段。」

「讓讀者……」

這在推理小說的構造上不是理所當然的嗎？不過，或許要反過來看，是由於開創推理類型的前人徹底堅持這種結構，我們才會覺得理所當然。

「沒錯。不僅如此，為文目的甚至就是要誤導。」

「誤導——也就是騙人的意思嗎？」

「不，對話以外的部分不能騙人——不可有虛偽記述，乃是推理小說的不成文規定。所以採用的是不說謊也能騙人的手法。」

不說謊也能騙人。

這不是詐騙集團在做的事嗎……

「沒錯。『我沒說謊』是推理作家的慣用句。接下來，我將列舉實例來說明——例如這次的案子，您剛才說是發生在劫罰島的鳥川莊裡吧？」

「嗯？是，是這樣沒錯。」

還以為會被騙，二二村警部不禁提高警覺——話說回來，今日子小姐是名偵探，不是詐騙集團，也不是推理作家。

「所以我們認為那個合宿所位於遺世隔絕的孤島，嫌犯則局限於兩個社團裡的成員，但──倘若所謂的『劫罰島』並不是島，只是普通的地名，那又如何呢？」

「什麼？」

「您想想看，『廣島』也不是島啊！同樣地，劫罰島也不見得就一定是島──先讓讀者以為是一座島，最後再揭曉其實是位於內陸。」

這便是敍述性詭計之①『地點誤導』──今日子小姐說道。

二二村警部再度為之語塞。

只不過，這次並非訝異，而是覺得「這樣也行？」而目瞪口呆，這也未免太單純，或該說是太簡單了吧。

「很荒唐吧？」

二二村警部儘量保持不動聲色，但今日子小姐還是這麼說。

「說穿了，推理小說的詭計其實都是些會讓人覺得『什麼嘛』的技倆。因為必須在沒有外景、沒有演技、沒有跨頁、沒有CG、也沒有壯大音樂的情況下與讀者一戰——可是請想像一下。至今讀來始終認定是以無人島為舞台的小說，在接近尾聲時才發現事實並非如此，您的心情如何呢？」

「……」

照她說的想像一下——雖然頗為勉強，不過二二村警部還算能想像那種宛如發現新大陸的心情——也可能會覺得「為何至今都沒發覺」。

那大概不同於解開謎團、得知真相之後心情暢快無比的那種常見推理小說讀後感，而是正好相反，完全沒有解脫的感覺吧。

「如何？會覺得好像瞬間移動了嗎？」

今日子小姐的感想更浪漫了些——

還瞬間移動咧。

「不只是單純用於誤導地點，也可以用於誤導情況。『劫罰島』看來是個日本地名，但故事的舞台其實是戰地，或者其實是位於可以合法持有槍械的國家——知道這件事的瞬間，世界會整個翻轉過來呢。」

「世界會整個翻轉過來——」

的確……這的確是只有小說才能帶來的體驗——閱讀體驗也說不定。

問題是。

「我想你應該很清楚，劫罰島……真的只是一座島喔。」

「是的，我知道。」

今日子小姐點了點頭，若無其事地接著說。

「接下來是敍述性詭計之②『時間誤導』。二二村警部您剛才說案發時刻為合宿第二天的十二點過後，但您並沒有明說那是半夜的十二點，還是中午的十二點。若是基於『耗時費力的犯罪通常都是發生在夜晚』這種先入為主的觀念來閱讀，就會認定案發時刻是半夜的十二點——結果將使得讀者對於『登場人物的不在場證明成立與否』產生誤判。」

「……或許我真的沒說清楚，只是我覺得這點不用說也知道才沒說，千良先生的死亡推定時刻的確是半夜的十二點喔。」

「是的，我知道。」

所以我才說敍述性詭計是只針對讀者，讓讀者無法確切充分認知登場人物面貌的詭計嘛——忘卻偵探補上說明。

「這是利用十二小時制與二十四小時制之間的模糊地帶，推移短短半天時間的敍述性詭計，而如果真的要寫，還可以更大膽地讓人以為是現代劇，結果其實是時代劇，或甚至是未來的科幻世界之類的敍述性詭計，想寫也是能夠寫得出來的。」

「這……這麼做有意義嗎？」

「讀者會大吃一驚。」

她說得簡潔又肯定，一副「除此之外還需要什麼意義」似的——慢著，那跟「因為剛好想到就做了」有什麼不同。

雖說現實中是挺常見的。

不過現在是在討論推理小說吧？

「只要不去描寫，讀者就連書中的街頭風景也無法得知——還有一種時間型敍述性詭計，是讓人以為故事依照順序發展，其實處處穿插著過去的情節，或是時間順序其實是交錯顛倒等等。當一切真相大白之時，讀者會感覺自己剛才讀過的小說就像是另一本完全不同的小說。」

「原來如此——但那只是讀者的感覺，登場人物應該會發……」

「並不會發現，不只警察沒發現，兇手也無感。」

為何要用心之俳句回答我。

不，與其說是回答我，不如說是在耍弄我。

「要繼續講下去嘍。接著請容我以這份登場人物表來進行解說。」

今日子小姐將右手的下臂轉向二二村警部——手裡仍不停操作著手機，而且正以非比尋常的速度閱讀著《XYZ的悲劇》——最快的偵探不只推理速度快，就連閱讀速度也最快嗎。

說是超過千頁的大作，但是照她這個速度，或許一下子就看完了。

「敍述性詭計之③『生死誤導』。」

「生死……？呃，應該不至於把活人和死人搞錯吧。」

「是嗎？二二村警部始終只以『被害人』來稱呼這起案件的被害人千良先生——只說他被人用平台式鋼琴毆打，還被壓在鋼琴底下而已。那麼，說不定其實他還活著？」

「……他已經死掉了。」

二二村警部記不得自己剛才是怎麼形容的（可是一想到忘卻偵探居然還記得，就覺得無地自容），只是人都給鋼琴壓扁了——怎麼可能還活著。

「話是這麼說，但只要把他講得像是已經死了，之後就能使他成為故事裡的『透明人』，扮演暗中作亂的幕後黑手。相反地，同樣是透過描述，讓人以為千良先生還活著，但其實他早就死了。」

「要是小說當然可以愛怎樣——」

「沒錯，愛怎麼寫就怎麼寫。」

「……」

「愛怎麼寫都可以。」

二二村警部漸漸明白了。

只是，總有一股不知來自何處的抗拒，令他不想明白。

「若只是故意說些引人誤會的話，讓讀者誤判地點或時間也還好……

但是將已經死掉的人寫得好似還活著、把還活著的人寫到像是已經死掉了，就算是創作，感覺也玩得太過分了……」

「沒錯。正因為大家都覺得不該這麼做，才刻意為之。」

今日子小姐一臉清秀，卻語出驚人。

「尤其那些推理小說家，更是樂此不疲。即使是一具任誰來看都已經回天乏術的屍體，也能將其描寫得栩栩如生，正是作家的本事。」

「本事……嗎？」

「接著是敍述性詭計之④『性別誤導』。將男性登場人物描寫成女性，或是將女性登場人物描寫成男性。」

無視已經難掩臉上狐疑的二二村警部，今日子小姐繼續往下說——只是關於這個「之④」，就連門外漢也很容易理解。

「也就是『男裝麗人』或『偽娘』嗎？」

「『偽娘』……？」

這時反而是今日子小姐面露茫然——對了，忘卻偵探聽不懂這種最近才發明的流行語啊。

也可能是她覺得「這個警部，明明對推理小說用語一無所知，居然會知道『偽娘』這種名詞」。

然而。不愧是專業，隨即重整步調。

「以這個案子為例，比如這位推理小說研究會的美女木直香。名字裡有個『女』字，名字又是『直香』——無論如何都會給人是一名女生的印象，但原本就是姓的『美女木』當然不用說，就算叫做『直香』，也並非不可能是一名男生。」

「……將男大學生描寫成女大學生有什麼意義呢？」

「如此便能進入只有女生才能進去的地方，或是反過來在有女賓止步限制的場所被擋在門外——此外還有各種可能性，總之會對推理時的先決條件造成影響。」

「這……不過，這是專指登場人物並未男扮女裝，只是作者刻意寫得讓讀者產生誤會的情況嗎？」

「是的。不管是男扮女裝還是女扮男裝，一旦實際喬裝改扮，嚴格說來就不能說是敍述性詭計。在登場人物的眼中，美女木直香就只是一個普通的男大學生。」

「不過這個美女木是女大學生喔！」

而且她還是推理小說研究會的副社長，不管在誰眼中怎麼看，美女木直香都是個女生。

不折不扣的女生。

「敍述性詭計之⑤『人物誤導』。算了，就直接拿寫在這上頭的順序來舉例吧——像是這位推理小說研究會的夥田芳野，光從名字也很難判斷此人是男是女。」

「他是男的。」

「哎呀，是嗎。嗯，也罷，假設合宿所內有個綽號叫做『YOSSIE』的人——大家在閱讀的時候，自然都會以為是指這位『芳野(Yoshino)』吧？」

「也是……因為也沒有其他的『YOSSIE』。」

為求慎重，再度檢視寫在今日子小姐手臂上的所有名字之後，二二村警部如此附議。

「騙到你了吧！」

——騙到你了吧？

「如是是輕音社的兒玉融吉呢？『融吉』的『吉』有兩種發音，也能延伸成為『YOSSIE』這個綽號，這樣又如何呢？」

「又……又如何……」

「一直以為是『夥田芳野』的『YOSSIE』其實是另一個人——這下子就得把人物風評、人際關係，還有不在場證明都重新確認一遍了呢。」

「呃，可是，夥田芳雄和兒玉融吉都沒人叫他們『YOSSIE』……」

而且在彼此認識的人際圈裡，應該不會因為綽號認錯人——只有外面的人才會搞錯。

「是的。也就是說，只有讀者會搞錯。」

「……」

「順帶一提，不只綽號，也有利用本名來誤導讀者的模式。刻意將同姓或同名的人物混在一起描寫。」

「在同一本小說裡出現同姓或同名的登場人物會很混亂吧。」

「就是為了製造混亂才這樣寫啊！如果是一家人，更是理所當然有著同樣的姓氏。」

通常是要能寫到讓讀者很清楚誰是誰，才是作家的本事吧——但是推理作家似乎正好相反。

寫不清楚誰是誰。

「敘述性詭計之⑥『年齡誤導』。讓人以為是大人，其實是嬰兒；讓人以為是小孩，其實是老人；讓人以為是老人，其實是小孩——因為投宿合宿所的都是大學生，讀者便會先入為主地認為所有人的年紀應該都在二十歲上下，然而或許大隅真實子其實是在退休後，想再度進修才來考大學，現年六十六歲的大一新生，或是跳級入學的十歲天才兒童也說不定。」

跳級制度在日本還不普及——二二村警部正想反駁，隨即又想到在敘述性詭計的世界裡，沒人能保證櫻坂大學是日本的大學。原來如此，根據敍述性詭計之①『地點誤導』——或許是同為漢字圈，具有跳級制度的國外大學——不不不，不是這樣的。

現實世界的櫻坂大學是日本的大學，而且大隅真實子也只重考過一次，是個十九歲的少女。

既不是老人，也不是小孩。

「可是，如果大隅真實子『其實是小孩』，就能鑽進大人鑽不進去的排風管；如果她『其實是老人』，就能知道過去的真相。」

什麼是過去的真相？

她舉的例子都好粗糙。

不過，如果是『性別誤導』，還有透過裝扮套回現實生活裡的情境，但『年齡誤導』再怎麼說都只有小說才能成立——若不是只用文字來表現，是不可能把老人和小孩搞錯的。

若是用圖像表現，更是只要一看就能分辨。

和百聞不如一見相反，用百聞來誤導一見。

「就是說呀。假如用『滿頭白髮，戴著眼鏡，個頭嬌小的女性』來形容我的模樣，就能誘導讀者認為掟上今日子是個老太婆。」

「這樣誘導有什麼好處？」

「老太婆偵探不是很迷人嗎——這不重要，再來是敍述性詭計之⑦。」

「……呃，請問那個『之幾』一共是到幾？」

「若是想要舉例，可以舉出無數個例子，但是網羅所有敍述性詭計也沒有意義，再加上時間有限，配合篇幅就在⑭打住吧。」

「⑭嗎……」

比想像中得多，但是又比他害怕的要少。

也不覺得這有配合到甚麼篇幅。

「敍述性詭計之⑦『人類誤導』。」

「『人類誤導』……這剛才不是已經說過了嗎？」

「剛才說的是『人物誤導』，指的是讓讀者認錯人的手法，但『人類誤導』則是讓讀者誤以為是人或非人的敍述性詭計。」

「非人——你的意思是說，像動物或機器人之類嗎？」

「是的。亦即『其實是動物』或『其實是機器人』的敍述性詭計——也有倒過來『其實是人類』的模式。」

就算她這麼說，二二村警部一時半刻也理解不過來。

也幸好理解不過來，因此感受不到有多詭異。

「就像《我是貓》嗎？我記得那部小說是以貓為第一人稱敍事……」

「如果一開始隱藏了自己是『貓』這件事，就再也沒有比那部小說更完美的敍述性詭計了——當然，要是去挑剔『貓其實不可能想到那麼複雜的事』，就太不解風情了呢。」

這也是只有小說才辦得到——嗎？

要是能看到貓的模樣，轉瞬間就會覺得很假。

「有很多卡通裡的汽車或火車都會說話，倘若只用文字來表現，別取去描述外觀或形狀，或許就會讓讀者以為是兩個人類在對話，不是嗎？」

「別去描述到外觀形狀嗎？可是，若挑剔起汽車或火車怎麼會說話，應該就不算是不解風情了吧？」

「汽車導航就會說話呀。」

「也是……原來如此。」

「將物品塑造成沉默寡言的角色，也不失為一種方法。往這個方向去，也有只利用敍述，讓讀者誤以為人偶或絨毛玩具是人類的做法。」

不提絨毛玩具，人偶顧名思義有著人類的外形，要寫得模稜兩可，想必會更容易吧。

寫作追求模稜兩可倒也挺奇怪的。

「那麼讓故事裡出現鸚鵡及九官鳥，再安排牠們講人話也行嗎？」

「也行呀。」

只是隨口說說居然也行——真是無言。

「比如推理小說研究會的石林濟利，雖然有名有姓，被提及時似乎也完全與人類無異，但或許其實是大隅從家裡帶來的貓。」

「……有人會給寵物取全名嗎？」

「反正又沒有要報戶口，取什麼名字是個人的自由吧。」

「……」

總覺得充滿了突破次元壁的感覺。

「如果是貓，就能鑽進排風管裡抄捷徑了。」

「你從剛才就一直在排風管，但現場的錄音室裡並沒有排風管喔。」

「換成二二村警部剛才強推的鸚鵡，就能建立飛進案發現場的假說。」

沒有強推。

都說了，只是隨口說說。

「或是利用在大學研發出來的機器人——既然是機器人，就能用機械手臂抬起平台式鋼琴吧。」

「這部分的推理不是已經有結論了嗎……」

貓還說得過去，機器人未免也太扯了。

不，或許是利用敍述性詭計寫成的現代風科幻未來世界吧。

虛實之間的界線愈來愈模糊。

「機器人是太誇張了點，但是安裝在這類數位裝置裡的軟體，不是也會有與人對話的功能之類嗎？登場人物之一的石林濟利，其實是一台智慧型手機——怎麼樣？」

「石林是人。既不是動物，也不是機器人。我們見過面、講過話。」

「我想也是。」

今日子小姐說著，同時讀著絕非人類的手機在液晶畫面裡顯示的小說內容——難不成那個不上不下的⑭，是從閱讀進度估算出的數字嗎。

「配合篇幅」是從這來的嗎。

「敍述性詭計之⑧『人格誤導』。」

「人格？呃，既非人類誤導，也非人物誤導——而是人格誤導嗎。」

「或許併在一起說明會比較容易理解——但都已經擠牙膏式地講到這，就還請多多包涵——接下來輪到輕音社的成員了，雪井美和小姐。」

「是，她是輕音社的社長。」

「大家都以為如此，但雪井美和小姐其實有五重人格，輕音部的成員全都是她的副人格。」

從今日子小姐口中說出來，就彷彿是由推理導出的驚人真相──啥？五重人格？

咦？所謂人格誤導是這個意思嗎？

「是的。即使早已被醫學界否定，推理小說界依舊當多重人格是存在的……」

就算跟二二村警部訴說『依舊當是存在的』、『大家都是照這樣來』，他也不知該說些什麼……

醫學界否定就是不存在吧。

拿出推理小說界的看法和醫學界的見解相提並論，也還是不存在。

「順帶一提，關於多重人格……」

「不用，我知道多重人格是什麼，請不用像是對多重人格有什麼獨到見解似地跳出來。呃……也就是說，因為是副人格犯下的罪行，本人並不知情，或者是描寫得煞有其事，但其實是假想人格，所以根本沒有那個人……

這樣的詭計嗎？」

「是的。這麼一來，不只輕音社的成員，就連推理小說研究會的成員也可能只是雪井小姐的副人格。」

「不可能。所有人都是獨立的人物、獨立的人類、獨立的人格。」

「當然當然——那麼敍述性詭計之⑨『敍事者誤導』。之前提到『對話以外的部分不得有虛偽記述』是推理小說的不成文規定，但是在第一人稱敍述的推理小說裡，便可以視為例外。也就是在『敍事者本身有所誤會』的情況下，就結果而言縱使等於是謊話連篇，也還在容許範圍內。」

「敍事者……就像《我是貓》裡的那隻貓嗎？」

「是的。『對話以外無虛言』的規定反過來，也可以解釋為在對**話**裡扯謊就沒關係——若是登場人物的台詞，其中有些誤會也沒關係——到這裡可以明白嗎？」

怎麼可能沒關係——但是還算可以接受。畢竟人是很容易誤會的生物。

「因此，只要用一個人的台詞來貫穿整本小說，不管有多少虛言都能被接受。萬一發生在合宿所中的慘案是由里中任太郎以第一人稱描述的悲劇，我們很可能會把他的主觀認定或斷章取義，乃至於偏見全部當成現實，照單全收。」

想當然耳，二二村警部是取得被害人以外所有人的證詞，交叉比對每個人講的話再對照現場蒐證結果，整理出客觀的陳述——並未偏重任何一個人的證詞。

再說……什麼敘事者的。

里中任太郎或許是主唱，但可不是說書的。

「只要推說是誤會，就能將謊話說到底的話……感覺那個不成文規定還意外地挺寬鬆呢……」

「這還算是嚴謹的了。要是推理小說以外的小說，即使是第三人稱，也經常在對話以外的部分扯謊撩白呢。」

如果是以我做為第一人稱敘事者的推理小說，應該會用「我忘了」貫穿大部分的場面吧——今日子小姐補上這一句。

這樣的小說能看嗎。

「敍述性詭計之⑩『作中作誤導』。終於來到之⑩了！」

二二村警部看今日子小姐神采奕奕，似乎要為自己加油打氣，但居然講到二位數實在令人打不起精神來——更遑論她還是邊盯著手機邊說。

「作中作……是什麼意思？」

生平第一次聽到這個字眼。

語感滿特別的。

「也就是截至目前的事件發展，其實都是其中一個登場人物寫的小說——這般敍述性詭計。換句話說，因為是作品中的虛構人物寫的小說，即使恣意撒謊、前後矛盾，通篇自圓其說的糊弄也無所謂。」

什麼也無所謂……這樣也無所謂？

不過倒是明白作中作的意思了。

就像影像作品中偶爾會出現，進入標題畫面之前的劇情是劇中人物去出外景，或者根本是主角做的夢之類吧。

「不過如果是做夢，又有點太過頭了。畢竟推理小說界同樣也禁止以做夢收場。」

過與不及的界線到底在哪裡……

「以做夢收場雖不常見，但作中作不只會藉由小說的形式，也會以手札、日記、案件記錄的形式出現。這點與敍述性詭計之⑨『敍事者誤導』是相通的，因為是個人的記錄，真實性總是令人存疑。除此之外，一旦由自己執筆撰寫，就難免會有美化自己的傾向。」

這倒是不限於敍述性詭計，現實中也是如此——聽說在解讀史書之時，就是考慮到這點，所以必須兼顧記述者的立場與角度來進行。

歷史是贏家寫下的。

或許這才是敍述性詭計的極致。

「換句話說，假設這次的案子其實是由輕音社的益原楓撰寫的音樂劇劇本——會怎麼樣呢？」

不會怎麼樣。

況且輕音社是要寫什麼音樂劇劇本。

「啊哈哈。但如果是推理小說研究會成員寫的推理小說又太常見了呀。接下來是敍述性詭計之⑪。」

二二村警部對敍述性詭計是什麼東西愈來愈有概念了，然而也因為愈來愈有概念，心情反而愈發沉重。

自己現在到底在幹什麼。

「敍述性詭計之⑪『在不在誤導』。」

「是指明明在現場，卻讓人以為不在場——明明不在場，卻讓人以為在現場嗎？」

「哎呀，二二村警部已經能舉一反三了。可是，說話不經大腦的話，可能會中了我安排的敍述性詭計喔！」

「我中計了嗎？」

「沒中計，您說得對，一百分。讓讀者以為人物聚在密室裡對話，但實際上其中一個人並不在場，是透過電話——在電話的那頭說話，可是沒有寫出來，至於通話對象就在那個密室裡。房間裡的人物們都清楚得很，只有讀者被隔絕在敘述性詭計的面紗之外。」

「隔絕在敘述性詭計的面紗之外」聽起來很酷，但是在只有文字提示的小說裡，把在場的人寫成不在場、把不在場的人寫成在場，只讓人覺得很卑鄙——就像告訴讀者「雖然一直沒跟你說，但其實打從一開始就有個不愛講話的人坐在你旁邊」，讀者真的能接受嗎？

「沒錯，不過用上『卑鄙』兩字就像是在說人壞話，所以像這種情況，我們會用『不公平（Unfair）』這個詞彙來表達。」

不公平（Unfair）。

這個聽起來也很酷。

像是什麼電影的名稱。

「沒錯。如果只是不公平，還在可以容許的範圍內。若是以這次的案子為例，雖然之前都沒交代，但是輕音部的殺風景這位同學由於身體不舒服，其實是以視訊會議的方式參加演奏的吧?」

「並不是!」

「我想也是。」

如果用這支手機的相機,感覺就可以視訊了呢——今日子小姐將液晶螢幕轉向二二村警部。

42×17標準字體的畫面裡呈現出《XYZ的悲劇》的內文——在開始解釋敍述性詭計以前有稍微瞄到,但身處這個距離,只光看其中一頁也完全看不懂在寫什麼,不過現在至少知道今日子小姐已經看完百分之八十了——因為畫面下方顯示著進度。

敍述性詭計的講座也只剩下三章,步調完全一致。

這個人的腦子究竟是個什麼結構。

總之。

「要是有人以視訊會議的方式參加,我一定會跟你說。」

「也是。二二村警部是很公平、很值得信賴的敍事者——那麼,敍述性詭計之⑫『外圍誤導』。」

「嗯……」

敍述性詭計之⑪『在不在誤導』從字面上很容易想像是什麼意思，但「外圍」是什麼意思？

外面？外部？

二二村警部歪著脖子滿臉疑惑。

「這與其說是推理小說用語，不如說是出版用語哪。」

今日子小姐邊看小說邊說。

「『外圍』指的是書的封面及封底、書衣或書腰——喔，不過電子書或許有別的說法。」

原來如此，原來是指書籍的「外圍」啊。

大概是因為把書衣或書腰「圍」在書本的「外」側才這麼說吧。

然而，小說應該是寫在內頁——即書的內側，縱然推理作家使出渾身解數，也無法對外圍出手吧？

「這樣不行喔！人太好會正中那群人的下懷喔！」

那群人是誰。

今日子小姐竟然把推理作家講得像詐騙集團似的——或許是《XYZ的悲劇》正進入最後高潮吧，令她情緒高漲。

「請容我拿剛才提到過的書來舉例，例如夏目漱石大師的《我是貓》，要是封上印著這樣的書名，卻在最後揭曉敍事者的『我』並不是貓，豈不是驚天動地嗎？」

今日子小姐為了說明敍述性詭計，終於不惜竄改大師的名作——的確，確實是會驚天動地。

雖然第一行仍寫著「我是貓。」……不過這可用敍述性詭計之⑨『敍事者誤導』來開脫。

配合敍述性詭計之⑦『人類誤導』來思考……假如那隻「還沒有名字的貓」是一個以為自己是隻貓的人類呢？

「這麼一來……就成了超驚悚的私小說。」

「就私小說而言固然超驚悚，但是就推理小說而言，卻會是很優秀的傑作喔。夏目大師就差那麼一步，真是太可惜了。」

「請不要藉此貶低夏目漱石……我明白了。這也是在某種意義上要鑽『對話以外無虛言』這個不成文規定漏洞的吧？沒有規定不能在印在書封上的書名動手腳。」

「沒錯。」

今日子小姐滿意地點點頭。

「就這點來說，在書腰的宣傳文案、封底的故事大綱都可以想怎麼掰就怎麼掰，可說是完全三不管地帶。就算所言不虛，也可以讓讀者產生強烈的成見——假設本案的書名是『兒玉融吉的犯罪』，讀者在閱讀時，肯定會以『兇手就是名叫兒玉融吉的輕音社成員』為前提吧。但事實上，他犯的罪並不是殺人，而是包庇真兇的藏匿罪！」

「……事實上並沒有什麼書名。貼在搜查本部門口的紙上寫的也是『劫罰島平台式鋼琴命案』。」

「故事大綱或書腰上雖然寫著『他為何會動手殺人呢？』但這裡的『他』其實並不是指兒玉，而是兒玉的好朋友石林，他才是真兇。」

誰才是真兇還未知，也沒有任何證據顯示就讀於不同大學，偶然住進同一間合宿所的兒玉融吉和石林濟利是好朋友——以相關人等來舉例說明理論，確實比較容易理解，但感覺卻也讓實際案情愈搞愈糾結。

在講解完之後，她真的會好好解開這團亂痲嗎。

「假如為推理小說取了個『掟上今日子的敍述性詭計』的題名，任誰都會以為內容和敍述性詭計有關，但直到最後卻竟然完全沒提及，也是一種出人意表的手法。」

「一面強調敍述性詭計，卻不使用敍述性詭計嗎……這還真新奇啊。」

「不不不，這是很常見的手法。說是極為古典也不為過。」

「不管怎樣，一般人做夢也想不到會被標題或書腰或故事大綱所騙……呃，啊！拜託你千萬不要真的寫成事件簿留下來呀！這可是我們警方委託你協助調查的前提。」

「我知道。您大可白紙黑字地寫在對話以外——接下來是各位期待已久的敍述性詭計之⑬。」

並沒有特別期待。

「敍述性詭計之⑬『人數誤導』。」

「……兩個社團的成員都輪過了，你打算怎麼舉例呢？」

二二村警部看著今日子小姐右手臂的「登場人物表」問道——又要回到千良拍三嗎？

「啊，不要緊的。因為是『人數誤導』——這是指『兇手不在這群人之中』的情況。也可以說是敍述性詭計之⑪『在不在誤導』的姊妹版——舉例來說，雖然沒寫進我手上的登場人物表，但是在可做為錄音室使用的合宿所裡，就算有個管理員也不奇怪吧？」

「……」

「或是有位煮飯給客人吃的廚師、住在合宿所裡的警衛、劫罰島與本島間接駁船的船員——並沒有法律規定要把所有登場人物都寫進登場人物表，也沒有規定兇手不能是沒寫在登場人物表上的人物。」

的確，若要詳細描寫每個登場過的人物，會讓故事停滯不前——既然是篇幅有限的「小說」，就會有些登場人物被省略吧。

兇手就在被省略的登場人物之中——她是這個意思嗎？

「……不是用書封書腰，而是用登場人物表來矇騙讀者嗎？」

「這麼一來可能會有不公平之嫌，所以乾脆一開始就別把登場人物表放上——一旦進入解決篇，再讓根本沒人注意到其存在的管理員亮相，寫些『咦？你以為沒有管理員嗎？考量一般常識，想也知道會有管理員呀！怎麼可能沒有呢。這種事不用說也該知道』的記述就行了。」

不行吧？

這樣寫可是會引起暴動的。

不過，倒是能明白她的言下之意——就像列出公車靠站時有幾個人上下車，要玩家計算車上有多少人的遊戲吧，而且是故意讓人忘了要把司機也算進去的那種。

「總之，不得不說鳥川莊的管理員、工作人員也很可疑呢。」

「你是在開玩笑吧？」

「當然。不是開玩笑——我就是在開玩笑。真有管理員之類的存在，二二村警部沒理由不告訴我。」

考量一般常識——今日子小姐講來毫無愧色。

沒錯。

鳥川莊是有管理員和廚師等工作人員沒錯——但他們都是通勤族，入夜前就全離開島上了——也沒有住在合宿所的警衛。

從案發時間與狀況來看，大概還是推測兇手就在今日子小姐手臂上的「登場人物表」之中，應該較為妥當。

「呵呵呵。又是『大概』又是『應該』的，講得這麼曖昧會讓人以為是不是要耍什麼敍述性詭計喔。」

「……最後一個是什麼？令人期待的敍述性詭計之⑭。」

二二村警部語帶嘲諷地說。

「讓您久候多時卻得辜負您的期待，真是有點不好意思說出口，敍述性詭計之⑭是『其他的誤導』。」

嘲諷對她起不了作用。今日子小姐淡定以對。

「咦？其他？就這樣？」

「就這樣——用於罕見的，或是無法分類的情況。不屬於之①到之⑬的敍述性詭計。」

是喔……二二村警部也只能點頭。之①到之⑬已經分得很細了——若說還有什麼情況不屬於其中的任何一種，他實在想像不出來。

推理作家的想像力難道是無極限的嗎。

「不，呃，說真話來到敍述性詭計之⑭，因為實在太過於標新立異，在談公平不公平之前就有問題，但就算這樣，有時也會以『引起爭議的話題之作』的形式，獲得推理圈的矚目或評價。」

「到底是大度還是小心眼啊……真是謎團重重的世界……」

「畢竟是推理小說嘛。」

「呃，這麼說來，果然還是要舉例比較容易理解……這次的案子假設正是那『之⑭』的情況，可以是什麼樣的敍述性詭計呢？」

「我是偵探，不是推理作家，所以想像力有限……」

今日子小姐頓時面露思索，接著像是讀稿似地說道。

「劫罰島其實是通往魔界的入口，下榻於鳥川莊的客人全都是魔法師，在解決篇裡終於揭曉真相，是其中一人用魔法讓平台式鋼琴飄起來的。作者的說詞是『我又沒說這裡不是魔界，也沒說他們不是魔法師。』」

這倒是。但是在談敍述性詭計怎樣之前，應該先討論推理小說可以這樣嗎——話題之作。

引爆的應該不只是話題。

「將案發現場設定為魔界，換個角度想也可以視為是敍述性詭計之①『地點誤導』……呃，也就是加入奇幻要素的敍述性詭計嗎？」

「這只是一個例子。說得隨便一點，看完後會覺得『這算什麼敍述性詭計啦！』的敍述性詭計，基本上都可以視為是這個之⑭。」

其中也有令人驚艷的作品，但往往又太獨樹一格，難以分類呢——今日子小姐做出結論，停下一直在液晶螢幕上滑動的手指頭，將千良拍三的手機放回桌上，說了聲「謝謝」。

零誤差。

敍述性詭計講座似乎和閱讀《XYZ的悲劇》得以同時結束。

不知是因為解決了「讓外行人也能理解敍述性詭計」這個難題，還是因為以這種飛快速度看完超過一千頁的巨著，今日子小姐像是完成一項大業似地，緩了口氣。

「……話說回來，今日子小姐。在《XYZ的悲劇》裡，使用了之①到之⑭的任何一個敍述性詭計嗎？」

「是把之①到之⑬結合運用呢——可說就因此成了之⑭。真不愧是號稱敍述性詭計金字塔的傳說級名著，太了不起了。令我佩服得五體投地，後悔自己過去竟然沒有看過。真是美好的閱讀體驗。一想到明天就會忘記，甚至有些捨不得了。」

難怪被害人會熟讀到背下來——今日子小姐說道。看她似乎是打從心裡這麼認為，不是為了給死者面子才這麼說。

將之①到之⑬一網打盡的之⑭，聽在二二村警部耳中，只覺得會是一本詐騙技巧大全集，看完之後大概會不敢再相信人類吧……特地為了被騙而去看書，推理小說的讀者真是一群奇怪的人。

「一群奇怪的人。說得真好。對我們而言，這可是最高的讚美詞呢——對了，二二村警部。」

今日子小姐端正姿勢坐好。

「如果我忘卻偵探沒記錯，我們應該還得推理被害人為何會在臨死之際緊握這支手機，畫面會顯示著這本全是敍述性詭計的推理小說之謎吧？」

6

「我想已經不需要一再強調，如您所知，敍述性詭計無法運用在現實之中——因為那是跟密室或不在場證明完全不一樣的。再怎麼無法區別現實與妄想，再怎麼受到推理小說的影響，在構造上——因此，就算被害人臨死前緊握手機，儘管手機畫面上顯示著敘述性詭計名著的電子版，也不代表兇手使用敘述性詭計行兇。」

不用再三再四地強調了。

二二村警部已經老實承認這是場外行人的誤會——當然，沒能說明清楚的推理小說研究會成員也得負上一部分責任——但是這也使得千良拍三為何握著手機而死一事更加成謎。

「有十四個可能性。」

「又、又要發表到之⑭了嗎？」

二二村警部心驚膽戰。

「戲弄您真的很有成就感耶，二二村警部。」

今日子小姐笑到抖肩。

「其實只有三個。」

「幹嘛說這種謊……而且還不是敍述性詭計，就只是撒謊。」

這是今天的第一個謊言嗎——他可不這麼認為。

也不認為在對話裡頭就可以說謊。

「可能性之①『臨死之前，想再看一遍心愛的推理小說』。可能性之②『不只是書裡的詭計，整本小說的內容都是指出兇手的線索』。可能性之③『兇手是《XYZ的悲劇》的作者岸澤定國』。」

這次竟然一次列舉出了所有可能性。

也因此二二村警部沒能即時反應過來，但可能性之③簡直是胡說八道——居然說岸澤定國是兇手？

「畢竟他是能讓許多讀者如墜五里霧中的推理大師呀。平台式鋼琴殺人詭計這種雕蟲小技，想必對他而言只是小菜一碟吧。」

「……戲弄我真的這麼有成就感嗎？」

「討厭，不要生氣嘛。我當然不是認真的——不過，畢竟是死前留言，所以並不能排除是千良先生錯認殺害自己的兇手，因此我也不完全是隨隨便便舉一個名字。」

「你是說，千良先生以為自己是被岸澤定國殺掉的嗎？」

「沒人知道人在臨死之際，一片混亂的腦子裡在想些什麼——橫豎都要死，希望死於自己敬愛的推理作家之手，希望成為他的眾多作品之一，就算這麼想也不奇怪。」

不奇怪——

二二村警部很明白，在人殺人這種不尋常的情況下，人們會採取多麼不合理又莫名其妙的行動——雖然他不懂推理小說，卻熟知命案現場。

「被殺的時候，希望能死於完美的犯罪——這可是推理迷最常掛在嘴邊的呢。雖然老實說，他們不見得是認真的。」

「我懂你的意思。很抱歉。」

「別這麼說，因為我也真的是在戲弄您。」

還真的咧。

「……只是，以可能性之③來說，這樣的訊息太沒有意義了。實在令人難以當真，只能當成是陷入失去理智的狀態時寫下的遺言。」

那麼就得來驗證可能性之①和可能性之②——之①是被今日子小姐最先提出來的，或許是認為①是最有可能的吧。

「沒錯。確信自己已死到臨頭，想再閱讀一遍喜歡的推理小說，做為最後一根煙，不，是最後一個謎——是最有可能的情況。」

也對，這種心情不像『希望被喜歡的推理作家殺死』那麼瘋狂——即使不是推理迷的二二村警部，也還勉強可以理解。

「只不過——」

今日子小姐接著說。

「聽說千良先生已經把那本《XYZ的悲劇》全部背起來了，既然如此，根本沒必要特地把那本書點出來看，只要在腦海中回想就行了。」

「……嗯，但那只是他自稱，沒人知道他是否真的全部背下來了。」

「是呀，說得也是。即便是對一天以內的記性很有自信的我，也很難把整本書背起來……縱然如此，仍然很難理解為什麼會想在臨死前把已經看過的書再看一遍——真要說的話，無論如何都想知道結局，而把目前正看到一半的書點開來看還比較說得過去吧。」

身為推理小說研究會的一員，絕不可能沒有正看到一半的書——今日子小姐如是說。

「呃，可不可能先擱到一邊，而且命在旦夕之際，那本書能不能剛好在手邊也是個問……」

話說到一半，二二村警部就意會過來了。

不，如果是沒有實體的電子書，肯定能在手機裡存上一大堆——就像成天扛著書架走來走去。若是如此，只要把那本看一半的書叫出來就好了。

做的事是一樣的。

「剛才我做了一件偵探會做的事，很失禮地偷偷看了這支手機裡的書庫，裡頭的確有看到一半的書——似乎是上個月才上架的最新作品。不點開那本書，卻點開已經讀到滾瓜爛熟的《XYZ的悲劇》，或許真的應該視其有特別的用意。」

她還偷看書庫啊。

剛才明明委婉地制止過她——不過，既然是能夠嚴格遵守保密義務的偵探，就算擅自調查做為物證的手機，應該沒什麼不妥。

「可是，會不會是他不太喜歡那本看到一半的書呢？比起結局還是未知數的書，更希望在人生最後一刻看的書，是已知真的很有趣的書……」

「當然，這也不是不可能——或該說這麼想反而更自然。只是畫面裡顯示的是《XYZ的悲劇》的『封面』這件事，讓我很在意。」

那就表示千良先生死前根本沒看呀。

今日子小姐這麼一說，二二村警部才總算想到這點——有道理，如果真的是「想在人生最後一刻看這本書」，更應該點開翻到內文才對。

當然或許是在那之前就已經力竭難支……然而，還是有檢視其他可能性的空間。

「這就是可能性之②了。即使與敘述性詭計無關，要是作品之中其實有著足以指出兇手的線索呢？」

「如果有的話——會怎麼樣？」

「就只能舉雙手投降了。」

今日子小姐當真舉起雙手，擺出「投降」的手勢——此時，二二村警部才發現她還戴著手套。

「這可是一本新書尺寸（B6變形）還分成上下集，總計超過上千頁的書喔。落版成電子書時更多達一千五百頁——在沒有其他線索的情況下，要從這本書裡鎖定與兇手有關的情報，難度未免也太高了。」

至少不可能在一天內搞定——今日子小姐說得篤定。最快的偵探都這麼說了，大概真的辦不到吧。

的確聽說她是一個在這方面下判斷的極為精準嚴苛的人。辦不到的事就說辦不到，總是一口拒絕。

「雖然讀之前就知道這本書不只是頁數很多，就連登場人物也多得嚇人。確認後也發現其中並非沒有名字與本案關係人類似的人物，但畢竟書裡有一百、甚至是兩百個名字的話，肯定會有幾個重複。」

二二村警部只看了電子書封面所以沒啥概念，但看樣子是本非常了不得的小說——雖然從未看過實體書版，但就算在書店看到這麼厚的書，他也不覺得自己會買來看。

「這麼說，被害人緊握著手機的意義不管是可能性之①，還是可能性之②，就算是可能性之③，偵查也不會因此有所進展嗎？」

「是的。而且這三個還都是『手機螢幕上顯示《XYZ的悲劇》是有意義的』情況下的可能性——身為偵探，不得不思考更遺憾的可能性。」

「咦？遺憾是指？」

「是為『例外』的可能性——不過老實說，我認為可能性是零——也就是被害人只是按錯，所以把《XYZ的悲劇》點出來的可能性。」

二二村警部恍然大悟——只是按錯。

是呀，智慧型手機的確容易按錯。

平常只是指尖稍微碰到一下，就會不小心啟動應用程式或不小心輸入文字之類——更別說是在瀕死的狀態下。

「現在的手機已經進步到與我記憶中的形態相差十萬八千里，讓人有恍如隔世的感覺，但無論功能再怎麼擴張，說穿了還是電話——拿出手機，一般不都是用來打電話給誰、向誰求助的嗎？」

一般——

再也沒有比這個更一般的用法了。

要在兇手也在場的情況下瞞著對方打電話、傳電子郵件，想必並不是件容易的事，當然也有可能是心想反正要死了，求救也沒用……

「警方當然已經仔細徹查過手機的通聯記錄了，並沒有發現被害人在死亡推定時刻前後打電話或傳電子郵件給誰的跡象——今日子小姐認為千良先生是想啟動通話或郵件軟體，結果不小心打開電子書嗎？」

「我不認為，那也是種『遺憾的可能性』。是或然率的問題——如果要深究遺憾的可能性，也有被害人在意識模糊的情況下，只是基於條件反射緊握手機，其實沒有任何意義的可能性。只是這一握剛好把《XYZ的悲劇》叫出來……」

「這的確──有可能。」

這真是令人難以釋懷的可能性。

既不是操作失誤也不是手滑，的確是非常遺憾的結果──只是，在面臨疼痛及驚慌失措時，用力抓住手邊的東西也是自然的生理反應。

「這麼一來，今日子小姐。不如乾脆別再去想死前留言吧──放棄這方向的探討，腳踏實地地蒐集證據、證詞如何？」

這或許是上帝的旨意，要二二村警部別再投機取巧，還是多跑幾趟劫罰島──雖然他們壓根沒打算投機取巧。

「當然，確實應該同時檢視其他的可能性，但是二二村警部，請別那麼急著下結論。即便我是最快的偵探，也不需要連放棄都最快──您剛才說警方已經檢查過手機了？」

「啊，是的，那當然。」

「只檢查了通聯記錄與郵件履歷嗎？」

「……這句話是什麼意思？」

「若進一步推敲『不小心啟動《XYZ的悲劇》』這個假設，千良先生真正想要啟動的，並不見得只有通話或郵件軟體。也可能是想要啟動相片軟體，秀出兇手的照片……」

「哦，原來如此。原來是這個意思啊。有道理，就跟時下的學生一樣，千良先生手機裡的確下載了許多應用程式……當然，鑑識人員應該已經清查過手機裡的內容了。現在的手機可以說是個資的寶庫呢。最典型的代表莫過於通訊履歷及儲存的照片……就算被害人沒握在手裡，在探查造成糾紛的理由時，也會是重要的證據。」

「可是，並沒有發現任何可疑資料？」

「是的……就我所知並沒有。」

「那麼，我倒想請問您一下。」

今日子小姐再次用指尖輕觸手機的畫面。為了讓二二村警部也能看到畫面，直接把手機放在桌上，輕快地運指操作著。

今日子小姐起動的是「計算機」的應用程式——「計算機」？不過看起

來並不系統內建的標準計算機，而是下載的付費軟體……

「搜查本部怎麼看待這個保存在手機裡的算式？」

我是在閱讀電子書時接觸到畫面，不經意發現的——今日子小姐說是這麼說，但想也知道絕非不經意發現。

因為那個算式的存檔日期時間，幾乎就是與被害人的死亡推定時刻——內容如下。

「＋5－12＋40＋20－8＋221－9－14－94＋7－8－18－19＋20＋143」

7

計算機真是個盲點。

如果是通訊、郵件、瀏覽履歷，抑或是相簿乃至筆記本軟體的檔案，應該都不會遺漏，但是沒想到在計算機軟體裡居然留有這樣的線索。

想當然耳，這不見得能直接指出兇手是誰，但是從存檔時間來看，這個算式與命案絕不可能毫無關聯。

可是……「＋5－12＋40＋20－8＋221－9－14－94＋7－8－18－19＋20＋143」？

這個算式是什麼意思？

「算式的答案是274。」

今日子小姐瞬間就解出來了。邊看書（而且還同時講解敘述性詭計）邊探索手機內容——恐怕也沒放過任何一個角落——這個人腦筋也太好了。

到底能同時做幾件事啊。

「274……並不是什麼特別的數字呢。」

「對呀。如果是813，或許還能成為提示。」

以推理小說研究會來說——今日子小姐說著意味不明的話。

「最有可能的情況是在瀕死之際想用手機求救，結果手指顫抖按錯鍵，打開計算機軟體，輸入莫名其妙的算式。」

「嗯……然後繼續失手啟動電子書軟體嗎？」

「沒錯。然後又繼續失手打開《XYZ的悲劇》——我想這樣的巧合是有可能發生的。在逐漸消失的意識中一再失手並不奇怪。不過事到如今，身為偵探似乎該認為不是偶然——假如兇手使用了我所推理的平台式鋼琴詭計，千良先生應該就有充分的時間可以瞞著兇手操作手機。」

怎麼會有充分的時間呢——啊，因為「被壓在」平台式鋼琴底下呀。也就是說，兇手在把拆開的平台式鋼琴重組回去時，首先要把鋼琴頂蓋放在被害人身上，被壓在底下——也等於是躲在陰影裡。

不同於鍵盤式手機，要在看不見的情況下操作液晶螢幕顯然具有很高的難度，但如果只是單純或熟悉的操作，也不是辨不到……只是會點開計算機來用嗎？會叫出常看的電子書放著嗎？

尤其令他想不通的是，要是兇手還留在現場，不能打電話還可以理解，為何不傳電子郵件求救呢？

「這點其實是可以解釋的。假使遇害的是輕音社的成員，這點就很難解釋了——因為千良先生是推理小說研究會的一員。」

「……什麼意思？」

「命案的被害人必須留下死前留言，而且還要盡可能地用常人難以理解的方式敍述——如果說千良先生受到推理迷特有的使命感驅使，一切就說得過去了。」

雖然有點牽強——今日子小姐說道。二二村警部原本以為她又再戲弄自己，但這次似乎是百分之百的認真。

只不過，比起求救，居然以留下暗號為最優先……簡直是病入膏肓，感覺已經超越了「橫豎都要被殺，希望死於完美的犯罪」而更接近「希望被心儀的推理作家殺死」……總之都是二二村警部無法理解的感情……

「身為推理小說研究會的社長，沒留下死前留言就死掉也太沒面子了。或許他在彌留之際是這麼想的。」

「……這是腦袋不清楚時想出來的歪理吧？」

「那當然。倘若處於正常的精神狀態，應該不會這麼想。但還請您別忘記被害人的死因可是頭部受到毆打。」

所以說。

今日子小姐重新打起精神。

「這次試著以這個算式做為主軸，來解讀《XYZ的悲劇》吧——這樣的話，又會出現哪些可能性呢？」

8

對於推理小說毫無概念的二二一村警部搞不清楚狀況的請求，加上對於記憶無法更新的她而言，實質上可說是「未知科技」的智慧型手機牽扯出的死前留言之謎，同時面對兩者歷經曲折縈紆也不曾停歇，高速運轉進行推理到現在的忘卻偵探走到這一步，也終於停下腳步。

「……」

該說是停止思考嗎——她沉默了。

「怎、怎麼了?」

該怎麼說呢,因為二三村警部的不中用而造成的光怪陸離,終於也隨著「正常」的死前留言登場,讓人產生或許能做為「普通」命案偵辦的期待——可是忘卻偵探為何會在這時陷入苦思呢?

「真糟糕。我什麼也想不出來。」

「啥?」

「抱歉,『什麼』這兩個字是過於誇張的喪氣話,如果隨便想什麼都無妨的話,要多少我都可以想得出來,但現在卻想不出像樣的假設——」

這是截至目前攻無不克、戰無不勝的「名偵探」出人意表的投降宣言,但是面對現在這樣的情況,反而她本人似乎比較困惑——她操作起放在桌上的手機,關上計算機軟體,重新打開《XYZ的悲劇》,迅速地翻頁。只見今日子小姐以速讀也追不上的速度,飛快滑動右手的食指。

「我還以為只要把這個算式代入《XYZ的悲劇》就能找出答案,可是看樣子並非如此，說不定算式或電子書都與本案無關？」

今日子小姐低語。感覺不是在對二三村警部說，比較像是自言自語。

「話雖如此，就算單純只思考算式，也會陷入死胡同。不管怎麼假設都不對勁。嗯……」

「休、休息一下吧？今日子小姐也一直在動腦。」

雖然二三村警部脫口說出「今日子小姐也」，但若是嚴以律己一些，實在不該這樣講得好像自己動過腦似的——他受到無力感的苛責。

因此，更想為她加油打氣。

「不要緊的。會特地把算式存檔，一定有什麼用意的。」

「是嗎……但又想不到其他像樣的可能性，或許真的只是手指痙攣，隨便輸入幾個數字……」

不談言語之間的失落，看到她垂頭喪氣這麼說，身為委託人實在過意不去。當然，即使結論如此，仍不會動搖她做為偵探的盡責稱職。

「我去泡咖啡吧？」

二二村警部說完才發現，自從把今日子小姐找到這裡來，到現在都沒給她送上飲料——雖說事出突然，但身為社會人，自己的禮數也太不周到。

「說得也是，那就不客氣了。請給我黑咖啡。」

「黑咖啡就好嗎？」

思考應該會消耗很多糖分，他還以為應該要多加點砂糖。

「不，想太多有點睏了，所以想清醒一下。」

今日子小姐堅定拒絕他的好意。

原來如此，那一定要黑咖啡。

「有點睏」對於一睡著記憶就會重置的忘卻偵探來說，可是很致命的——即便目前陷入瓶頸，但是一個不小心，使得截至目前的討論付諸東流，絕對不是喜聞樂見的發展。

「好的，請稍微……」

等一下——二二村警部才剛站起來，今日子小姐卻搶先出聲制止他。

「請等一下。還是不要喝咖啡了。請您把那枝筆借給我好嗎？」

今日子小姐指著插在二二村警部胸前口袋的簽字筆——就是那枝先前在今日子小姐的右手臂寫下「登場人物表」的簽字筆。

「怎麼？要筆做什麼？」

二二村警部大惑不解地看著她，只見今日子小姐臉上浮現出自信的笑容，讓他懷疑彷彿剛才的消沉模樣全是自己眼花看錯。

「我想到一個主意。」

「咦……也就是說，今日子小姐，你想通算式的意義了嗎？」

「還沒，但我想到有助於想通的方法——剛好我也睏了。」

今日子小姐毫無重點的說詞令二二村警部覺得莫名其妙——還以為她想到什麼好點子了，但其實一切並不像她的表情那般豁然開朗嗎？——總之先照她所說，把簽字筆借給她吧。

「謝謝。」

今日子小姐說完，先把簽字筆放在一旁，接著拿出一種或許是化妝品之類的溼紙巾。

即便二二村警部還摸不著頭腦，今日子小姐依然手腳俐落地採取行動——她捲起左手的袖子，露出以「我是掟上今日子，二十五歲」開頭的一串個人檔案。

接著宛如拿著橡皮擦似的，拿起溼紙巾用力擦拭——也果然宛如用橡皮擦過似的，今日子小姐的個人檔案被擦除得乾乾淨淨，不留一絲痕跡。

「你、你在做什麼⁉」

倒也不是擦掉那段文章，今日子小姐的記憶就會馬上消失，但這突然的行動還是讓二二村警部驚慌失措——詳細原理不得而知，可是萬一她現在睡著，不只會忘光命案的概要，就連自己是誰，也會忘記不是嗎？

而且還是在由於過度使用腦力，受到睡魔攻擊的此時此刻，為何要做這麼危險的事——

「不是啦，我想使出敍述性詭計看看——對我自己。」

相較二二村警部的慌張，今日子小姐的態度平靜坦然，拿起筆——只讓他愈來愈困惑。就算說「想使出敍述性詭計看看」……「敍述性詭計只存在於推理小說的世界裡，無法運用在現實生活中」，今日子小姐自己不是已經講過一百零一次了？而且「我自己」又是什麼意思？

……下一秒，他隨即明白了是什麼意思。

因為看見忘卻偵探在自己的下手臂龍飛鳳舞地這麼寫。

「我是千良拍三，今年二十三歲。推理小說研究會社長。遭人用平台式鋼琴殺害——」

並不是掟上今日子的備忘錄。

而是被害人的備忘錄。

再加上「死亡推定時刻」、「一手緊握著岸澤定國著《XYZ的悲劇》」、「留下算式為『＋5－12＋40＋20－8＋221－9－14－94＋7－8－18－19＋20＋143』的死前留言」等其餘詳細的資訊，今日子小姐在左手下臂寫得密密麻麻還不夠，最後還寫上「接著請見左腳大腿」，然後掀起七分寬管褲——二二村警部連忙撇開視線。

大腿部分似乎很快就寫好了。

「那麼，晚安。二二村警部也請儘管去休息吧，看時間差不多了，再叫我起床。」

語畢，今日子小姐便往桌上一趴。

「請等一下，今日子小姐……」

回頭一看，她已進入甜美的夢鄉——換句話說，一切都太遲了。

前輩曾說過，就算只是短短的一瞬，一旦被她睡著就沒救了——因此，與忘卻偵探一起查案的刑警必須好生監視著，絕不能讓她睡著。

不過，二二村警部明白她的用意。

雖然明白，可是——沒想到她會做到這個地步。

敍述性詭計……

她打算睡一覺，讓記憶重置，在自我認識一片空白的狀態下，看到寫在手臂上的偽造個資，讓自己變成留下死前留言當時的被害人，也就是打算刻意製造「誤判」。

是敍述性詭計之⑤『人物誤導』呢——抑或是敍述性詭計之⑩『作中作

誤導』……不，這只可能是敍述性詭計之⑭吧。

這是只有忘卻偵探才能使出的手段（不折不扣的「手」段），但是不管再怎麼想，這都太過了——一個不小心，可是會完全迷失自我的哪。

不過，雖說會重置，但她的記憶是從「某個時間點」開始不再更新的，所以倒也不會完全變成一片空白，而且再怎麼誤判，也會馬上知道自己不是男大學生，因此這個敍述性詭計的目的，頂多是鎖定剛醒過來，還處於半夢半醒的瞬間吧……但仍舊是一著險棋。

話雖如此，這樣就只能在一旁乖乖欣賞白髮偵探睡得一臉香甜的模樣——不，欣賞異性的睡相也實在太沒品了，於是二二村警部走出偵訊室。

可是也實在無法安心休息。

反而更是憂心忡忡，坐立難安——今日子小姐要他看時間差不多了再叫她起床，但這實在很難捱。

先不論敍述性詭計的結果是吉是凶——這麼做真的不要緊嗎？二二村警部滿腦子都是擔憂。

心想至少要讓今日子小姐醒來時能馬上提起精神，於是便花點功夫把一度被她婉拒的黑咖啡泡得濃一些，但前後也花不到三十分鐘，二二村警部又返回偵訊室。

以為今日子小姐還在睡，所以他沒敲門就推開偵訊室的門。

「……」

結果根本不需要二二村警部叫她起床，今日子小姐就自己醒了，而且正捲起褲管，查看著左腳大腿。

寫的時候還勉強來得及移開目光，這次倒是看得一清二楚。

上頭寫著。

「左手臂的敘述是騙人的。我是掟上今日子，二十五歲，偵探。記憶每天都會重置，是最快的忘卻偵探」

脫力感湧上。

根本輪不到二二村警部替她擔心，今日子小姐早就做好安全措施了——

不，或許這才是所謂的敍述性詭計。

醒來先看到寫在左手臂的敍述，體驗了「被害人的人格」之後又馬上看見「接著請見左腳大腿」的敍述，做出正確的判斷。

正當二二村警部兀自佩服不已之時，今日子小姐接著盤起腿來，查看大腿的內側——只見那上頭寫著。

「委託人爲二二村警部。詳情問他」

「你就是二二村警部嗎？」

今日子小姐終於抬起頭問道——被不是「千良拍三」的掟上今日子這麼一問，二二村警部慌張地出示警察證件。

「是、是的！我就是。」

畢竟是在聽了半天敍述性詭計講義之後，還親眼看到發生在現實世界裡的敍述性詭計，二二村警部為求萬全，趕緊出示自己肯定就是自己的證明，但今日子小姐只是草草「是嗎。初次見面，我是掟上今日子」幾句帶過招牌寒暄，立刻就直接「那麼，二二村警部，有件事要麻煩你」切入正題。

「因為解決篇需要，可以請你把《XYZ的悲劇》買回來嗎？」

「呃？如果是《XYZ的悲劇》，那支智慧型手機裡就有了……」

她是否沒把智慧型手機是什麼機器寫在左手上——二二村警部心想，隨口答了一句之後又「欸？」地愣了一下。

解決篇？她說解決篇？

「今日子小姐，你該不會已經推理出被害人留下的死前留言是想表達什麼了吧？緊握顯示著《XYZ的悲劇》封面的手機代表的意義，以及儲存在手機裡的算式真正的涵意。」

「是的。我打從一開始就知道這個案子的真相了。」

明明三十分鐘之前還因為陷入瓶頸而一籌莫展的忘卻偵探，現在卻以得意洋洋的表情，若無其事地說著大話。還盤坐著露出大腿，那樣子與其說是不檢點，不如說是臉皮比城牆厚的狂妄。

「不過，為了好好演出解決篇，我需要的不是電子版，而是新書尺寸的小說版——《XYZ的悲劇》的原版實體書。」

9

然而，忘卻偵探隨後又補了一句「只是我還沒想通兇手是用了什麼詭計，才能抬起平台式鋼琴當凶器」——真是不連戲。

寫在下手臂的資訊總是有限，身為協助警方調查的忘卻偵探，或許多少是擔心如果不這麼做，可能會無法保密到底吧……既然她都做得這麼徹底，二二村警部也不得不提高警覺。

因此不好交代對書籍知之甚詳的部下代為跑腿，二二村警部決定親自前往不熟悉的書局，走向不熟悉的賣場。

岸澤定國著《XYZ的悲劇》的小說版。

上下集加起來過一千頁。

不同於被稱為電子書的數據資料，親眼見識到實體書形狀時，二二村警部不禁被其厚度嚇傻了——姑且不論有什麼敍述性詭計，光是要看完那麼大量的文字，就覺得真相什麼的都不重要了。

心想說不定這是一種「寫下大量字數」的敍述性詭計，他用公費買下，回到警局——偵訊室裡的今日子小姐剛好喝完咖啡，意氣風發地說。

「你回來啦。高興吧，我想通平台式鋼琴的詭計了！」

二二村警部不知該說什麼才好，把買回來的《XYZ的悲劇》上下集往桌上的智慧型手機旁邊放。

「哎呀，你買新的啊。我還以為已經絕版，只能去二手書店尋寶，沒想到市面上還買得到舊版書，真不愧是敍述性詭計的金字塔——被害人千良先生最初肯定也是讀這個版本吧。不是文庫版，也不是電子版。」

「……即使版本不同，內容也一樣吧？」

「是的。有些作家會在發行文庫版時做大幅改寫，但基本上內容是不會變的。」

二二村警部還是第一次聽到「發行文庫版」這種說法——這麼說，今日子小姐原本是打算讓二二村警部去二手書店尋寶嗎？

也太會差遣人了。

「趁二二村警部去買東西的空檔，我檢查了這支智慧型手機，看來在我忘卻的期間，電子書已經大為普及了呢。這麼厚的書要帶著走也實在太吃力，所以我能理解就算已經有實體書，還是買下電子版的心情。」

「是喔……」

二二村警部倒是很難理解買好幾本同樣的書是什麼心情——內容不都是一樣嗎？

「內容是一樣，不過……」

版……型不一樣。

今日子小姐說著，翻開《XYZ的悲劇》的上集——怎麼說，因為書本的尺寸不同，版型勢必也得不一樣，但如果是電子書，不就可以隨自己高興變換版型嗎？二二村警部心想，同時探頭一看，接著不禁錯愕。

「這、這是怎麼回事……？」

同一頁的文字分成兩塊——一塊在頁面的上半部，另一塊在下半部。

另一頁也是同樣的構成，攤開來遠遠地看，剛好形成漢字的「田」。

「這、這要以什麼順序來閱讀啊……？」

「請當成報紙來閱讀。看完上半部再看下半部，再接到下一頁的上半部——這是稱為兩欄式的版型。」

跟報紙一樣——原來如此，這麼說的確也不是太前衛……兩欄式？

「這在新書尺寸的舊版書，像一些類型小說書系裡是很常見的版型——不，應該說『曾經是』才對。因為在我還有記憶的時，就已經愈來愈少的書採用這樣版型了。」

「這樣啊……也是。」

這麼古怪的排版，怎麼看都不好閱讀吧——這句話滾到嘴邊，二二村警部又即時吞了回去。還是不要在書迷面前隨便發表意見才好。

或許領悟到他的未竟之言，今日子小姐露出有些寂寥的微笑。

「還能買到這本書的新書，表示這種版型還沒死滅，但是電子書已經這麼普及，消失是遲早的事吧。」

「電子書的普及與版型有什麼關係呢？電子書不是本來就可以自由切

換成方便自己閱讀的版型嗎。」

「不，我在二二村警部出去買書時試過了，即使是電子書，也無法改成兩欄式的版型。雖然可以任意調整行數、字數、字體大小，唯有欄數是不能更動的。」

是這樣的嗎？

不過仔細想想，之所以將書籍電子化，應該是為了避免大家遠離閱讀的嘗試，所以出版社或軟體開發者的確不會故意搞些造成閱讀障礙的花招。

當然，電子書的閱讀器及應用程式千奇百怪、琳琅滿目，或許也有能切換成兩欄式的工具，但肯定不是主流——事實上也確如今日子小姐所說，千良拍三安裝在手機裡的應用程式就不能改成那種版型。

就算真有這種版型可選，如果是平板還好，用手機畫面來呈現根本毫無意義吧……

「習慣的話，其實也很容易閱讀呢。」

今日子小姐說道。聽起來實在有點牽強——但聽她用上「習慣的話」、

「那其實也」這些詞，感覺她也同意兩欄式不容易閱讀。

二二村警部想安慰她。

「沒辦法，注定要消失的話，終究得面對現實。」

結果換來了不置可否的表情——安慰失敗。

說到底，別說是看不看書，幾乎連碰都不碰書的二二村警部，是不可能體會書迷心情的——只好轉移話題往下說。

「所以呢，你的意思是？」

現在應該不是討論閱讀文化的時候，理當是解決篇才是。

「倘若被害人千良先生看的是這本原版？新的舊版？有什麼不同嗎？」

「這個算式會有很大的不同。」

今日子小姐操作著手機（趁二二村警部不在時，她似乎又摸得更熟，點擊動作十分靈巧），打開計算機軟體——秀出那串莫名其妙的算式。

「＋ 5 − 12 ＋ 40 ＋ 20 − 8 ＋ 221 − 9 − 14 − 94 ＋ 7 − 8 − 18 − 19 ＋ 20 ＋ 143」

「我明白這個算式代表的意思了——對照電子版《XYZ的悲劇》，這個算式只是不明所以的數字羅列，然而一旦對照小說版《XYZ的悲劇》，這個算式顯然有其意義。」

「……？」

完全聽不懂她在說什麼。

內容明明一模一樣，為何光是版型採用兩欄式，就能解開謎底呢？

「哼哼。那，這樣能幫助你理解嗎？」

今日子小姐捲起左手的袖子——原本寫在上頭的千良拍三備忘錄已經用溼紙巾擦掉了，她又在那裡寫下新的文章。

不，不是文章，而是算式。

今日子小姐將顯示在手機螢幕裡的算式抄在左手臂上——而且不只是照抄，還加上新的要素。

「（+5, −12, +40）（+20, −8, +221）（−9, −14, −94）（+7, −8, −18）（−19, +20, +143）」

加上了「（）」和「，」——別說是有助於理解了，反而更讓二二村警部陷入混亂。

「還不明白嗎？這個算式表現的是座標喔。」

「座……座標？」

「《XYZ的悲劇》——這個書名就是關鍵。「XYZ」——也就是X軸、Y軸和Z軸。」

忘卻偵探想說的是——

「啊……！」

聽到這，二二村警部終於領悟——領受了被害人想表達的死前留言。

10

並不會因為都不看書就對數字比較敏感，但是區區座標，二二村警部還是知道的——就是用X軸與Y軸區隔成十字的那玩意兒吧。

橫與縱——再加上代表高度的Z軸，XYZ。

而且，或許因為他是第一次看到這種版型，使得感覺更為深刻——兩欄式的版型不僅很像「田」字，也宛如一張座標圖。

「請以右頁的上半部為第一象限、左頁的上半部為第二象限、左頁的下半部為第三象限、右頁的下半部為第四象限——而頁數則是Z軸，正數代表上冊，負數則是下冊。」

今日子小姐邊說明邊分別將《XYZ的悲劇》的上下集從正中央翻開，並讓兩側背靠攏。

或該說使其上下對稱。

「開頭的（＋5，－12，＋40）代表上集第四十頁的下半部，也就是第四象限從後面數過來第五行的第十二個字——很容易懂吧？」

很容易懂——才怪。

不如說是更難明白了。

如果不是把整本書都背下來的書迷，根本解不開這種謎題吧——根本連想都想不到吧。

「沒錯。就算真的把書中內容全部背起來，這種死前留言也實在不是臨時想得出來的。因為上半部及下半部、左頁及右頁、上集及下集的數字是互為顛倒的，如果沒有看著實體書，實在無法確認——因此，我才會請二二村警部跑一趟。被害人千良先生恐怕平時就想著總有一天，要以這個暗號為主軸——還真的是軸——來寫小說吧，真不愧是推理小說研究會的成員。」

「作中作——是嗎。」

「是的。你居然知道這種專門用語呀。」

從今日子小姐身上現學現賣卻還被稱讚，心情真複雜——不過，如果是平時就在推敲的暗號，的確不用問也知道他為何要留下這種死前留言。

直接得到名偵探的敍述性詭計真傳，連解決篇都同台了，二二村警部即使沒看過推理小說，也不再是門外漢——諸如「橫豎都要被殺，希望死於心儀的推理作家之手」、「橫豎都要被殺，希望死於完美的犯罪」、「遇害時有義務留下死前留言」這些推理狂粉心態，縱然無法理解，也能想像了。

好不容易想出來的暗號。

怎能連用都沒用過就死去呢——身為推理小說研究會的社長。

「如果死時手裡有書是最理想的狀態，但實在事發突然，只能用電子書代替——這套作品的體積也不是能隨身攜帶的。不過就結果來說，這樣使得暗號解讀的難度更高，所以被害人肯定是死也瞑目了。」

的確，對自己行使敍述性詭計前的今日子小姐之所以會在解讀暗號時陷入瓶頸，正因為看的是電子版《XYZ的悲劇》——顯示在手機畫面裡，電子書特有的易讀排版，讓她產生了先入為主的成見，反而干擾她解讀死前留言——正因為使出敍述性詭計，睡了一覺使記憶重置，今日子小姐才能直覺地發現被害人想表達的其實是那本書的實體書，而且還是舊版書。

真是的，就算沒忽略存在手機裡的算式，二二村警部應該還是解不開那種死前留言——要不是兩欄式版型，就連名偵探都解不開這個暗號。

「運用不易閱讀的兩欄式版型——算是難以解讀的兩欄式暗號嗎？」

二二村警部講了一句不好笑的玩笑話。

「算是吧。畢竟暗號——本來就該難解不易讀。」

今日子小姐也自嘲地微微一笑。

「好了，一旦解讀完畢，究竟會出現誰的名字呢？如果是事先想好的暗號，出現推理小說研究會的成員名字的機率可能會高得多，但或許被害人其實私底下和輕音社的成員有什麼關連也說不定呢——咦咦？」

忘卻偵探結束論證，從上下集的小說版中擷取需要的文字，再看著自己寫在左手臂的備忘錄，一臉匪夷所思，微側螓首。

這也難怪。

實在沒想到兩欄式暗號所揭開的謎底竟會是如此——意外的兇手。

第三話

掟上今日子的心理測驗

1

百道濱警部對忘卻偵探的存在感到敬畏。不，用「感到敬畏」來表述，其實與實際的感覺有些出入——當他與忘卻偵探共同行動時持續不斷感受到的「那個」，是一種比「敬畏」這樣帶有某種敬意的詞彙更根本、更幼稚、更不成熟的感情。

比起「感到敬畏」，不如直接說是「害怕」。

所以表述得更精確一點，應該這麼說。

〈我覺得那個人很可怕——〉

絕非討厭。

甚至還該說對她的人格、人品頗有好感——可是，跳脫對她這個人本身的好惡，對於身為偵探的她，百道濱警部無法不感到畏懼。

（——而且那也不是「畏懼」，而是「恐懼」吧）

他甚至無法相信刑事課的同事們為何能如此輕鬆，幾乎可說是隨便地與忘卻偵探建立起關係，委託她就像是叫外賣似的——不，相信他們一定也有他們內心的糾結。

是為公家機關的警察組織，向身為一般民眾的忘卻偵探、向做為一介民間企業的置手紙偵探事務所尋求協助這件事，百道濱警部倒是沒有什麼抗拒感——因此看忘卻偵探不順眼的警察絕對有，但百道濱警部和他們並不是同路人。

相反地，他還認為警方不該死要面子，即使對方是組織外的人，也應積極地請對方協助才對——即使忘卻偵探不是忘卻偵探，就算不是第二天便能把協助過警方辦案的事實忘得一乾二淨的保密專家，為了及早破案，更為了社會正義，都應該盡量善用有能力的人才。

真有需要，連父母都該利用——更不用說是偵探了。

沒在睡的忘卻偵探更該用。

以公務員來說，百道濱警部在這方面的觀念算是非常先進。

然而即便如此——他還是無法不對忘卻偵探感到敬畏。

自己說服不了自己。

好害怕。好可怕。

由於完全是本能的感受，如果要具體說明到底有什麼好怕——自己到底是基於什麼原因，害怕那麼可愛的白髮偵探——是需要下點功夫來分析的。起初也沒想太多，只單純以為自己應該是怕她那聰明伶俐的頭腦。

亦即頭腦好得很可怕。

百道濱警部每天面對的犯罪者也是同樣——「不曉得在想什麼的人」終究是讓人心生畏懼——不管閱歷過多少動機不明的殺人案，依舊只能用一句「不寒而慄」來形容。也因此，偵辦犯罪時才會那麼重視動機……

（「太聰明的人」與「不曉得在想什麼的人」應該是不一樣的，但是兩者都令人不寒而慄）

人們很難理解「能輕易理解自己無法理解之事」的人——所以，會覺得「解決過無數檢調機關束手無策的案件的忘卻偵探很可怕」的解釋，原則上是成立的。

如果有其他刑警基於這樣的理由而討厭忘卻偵探，百道濱警部大概會支持那種感覺——不過，若問起那是否與他的感覺一致，卻又不得不說有些細微的出入。

或許完全不一樣也說不定。

這是因為百道濱警部並不認為忘卻偵探「聰明過人」——不僅如此，若單就「聰明」這點，甚至認為忘卻偵探與是為常人的自己沒太大的差別——他雖然害怕忘卻偵探，但並不怕這麼說而被人誤會。

真是膽大包天。

不，就算與自己的腦細胞相比確實囂張了點，但要找出可能比她聰明的人，百道濱警部少說就認識好幾個——上司與部下裡都不乏聰明人。

當然，他並不懷疑她的能力，但忘卻偵探的頭腦本身並沒有那麼了不起——這是百道濱警部的認知。

儘管如此，上司與部下無法馬上偵破的案子，忘卻偵探卻都能用最快的速度，宛如解開纏在一起的纜線，輕而易舉地搞定。

而且是在一天之內。

無論什麼樣的案子，都能在一天內解決的忘卻偵探。

因為每天都會失去記憶，所以只接受能夠在一天內解決的委託——這種說詞，在百道濱警部聽來只覺得像是掩飾真實的空泛藉口，將她精彩的表現倒因為果。

以與常人無異的能力，做出常人所不能及的結果——倘若無以明白箇中緣由，確實會讓人更加覺得不寒而慄。

（所以才害怕嗎？）

但不是的。不是這樣的。

百道濱警部明白箇中緣由。

一旦共同調查過，自然就會明白忘卻偵探為何能發揮如此強大實力——自然就會感受到那股不寒而慄，所以百道濱警部很害怕。

就跟害怕妖怪一樣。

就跟害怕怪異一樣——掟上今日子很可怕。

2

「您就是百道濱警部嗎？初次見面，我是掟上今日子。」

出現在相約地點的今日子小姐說道。她今天的打扮是灰色的繞頸絲巾搭配垂墜式的長版薄襯衫——這身打扮的確是初次見到，至於百道濱警部向置手紙偵探事務所求助當然並非初次，這已經是第五次了。

她忘了——是故忘卻偵探。

臉上堆滿了笑容，卻把與百道濱警部的事，以及同他一塊揭露的案情真相全部遺落在忘卻的彼方——居然能把那樣殘酷到令人不忍回想的事情忘得一乾二淨，忘到這個地步也只能佩服。

但也只是當然，畢竟體質使然。

「是的。初次見面。我是百道濱。」

即使過去曾經並肩作戰，每次委託都要假裝初次見面，是請忘卻偵探協助的禮貌，所以百道濱警部也配合今日子小姐回話——而且縱然不是初次見面，也是好久不見了。

自從上次——第四次委託她以後，又過了好長一段時間。站在推動與組織外人才積極合作的立場，甚至還主動召開研習會的百道濱警部，或許應該更頻繁地委託置手紙偵探事務所才是，但他總是裹足不前。

又不能明說是「因為害怕」。

只是，這次他也不得不壓下那股「害怕」的情緒，借助忘卻偵探的力量——再怎麼樣，也不能讓自己的恐懼凌駕於公務之上。

（我要鼓起勇氣，與忘卻偵探一起辦案——）

雖然有些誇張，但今天的百道濱警部就是這種心情。

另一方面，不曉得究竟是知或不知他內心的百轉千折，今日子小姐依舊笑容可掬。

「事不宜遲，請告訴我要做些什麼——邊走邊說吧？」

與其溫和文靜的舉止正好相反，最快的偵探一開口寒暄，再開口就是催促百道濱警部。

「啊，好的。說得也是。那麼，請容我在前往案發現場的車上，向你簡單說明一下案情概要。」

「哎呀。難不成是要讓我坐警車嗎？」

今日子小姐語帶雀躍。

「好高興。我還是第一次坐警車。」

完全不知她這句話裡到底有幾分認真——這已經是百道濱警部第三次讓今日子小姐坐上警車了。

3

「被害人名叫橫村銃兒。在所謂的『密室』裡被貫穿心臟。」

雖然是警車，卻是偽裝成一般車輛外觀的警車，於是今日子小姐一如既往地面露失望。安排她坐上副駕駛座，將車子從停車場開上馬路時，百道濱警部開口說明案情。

即便是被最快的偵探催促，但省略前情提要，直接進入主題詳細解說——會採如此高速進行，再怎麼想都是百道濱警部心懷恐懼的表徵。

除了對忘卻偵探的恐懼外，也是對已經發生的命案本身的恐懼。

（讓名偵探坐在副駕駛座上像個副手，總覺得過意不去……）

而且還讓她坐到第三次……雖然對今日子小姐而言仍是第一次。

「嗯哼。密室嗎。」

今日子小姐調整著座椅前後位置時應了這麼一聲，聽到這種推理小說用語——而且也是極少出現在現實世界的字眼——依然冷靜沉著，果然身為專家什麼場面都見過。

不，既然身為偵探的記憶無法積累，今日子小姐絕不可能「見過」以密室狀況為代表的不可能犯罪。

（沒錯……比起「聰明」，倒不如說這種「冷靜沉著」才是忘卻偵探的本質……明明一切都是「初次」接觸，但這種老練的感覺是怎麼回事……）

百道濱警部邊想——邊發抖。
接著說明案情概要。
「是的，事情發生在密室裡。嫌犯當中，沒有人能下手行凶。」
「原來如此。可是反過來說，這樣也鎖定了嫌犯嗎？」
雖是密室，卻不至於造成無人涉嫌——今日子小姐說道。
感覺像是被抓到語病，但的確是很確切的指責。當然，他打算接下來再說明，只是在其實別無所圖之處被覺察到企圖，對百道濱警部而言，已經足以令他心膽俱寒了。
「是的。具體地說，嫌犯有三人——亦即被害人橫村銃兒的家人。」
「家人。」
「是的。父親、母親和親哥哥。」
家人殺了家人。
對於那種淒慘的狀況——至少對於那種看起來很淒慘的狀況，忘卻偵探做出以下的評論。

「換個角度來看，也是發生在密室裡的命案呢。」

她是指「家庭」這個密室吧。

不過，真希望她這種自在自得的氣質只限於展現在服裝品味上就好——因為就算她這麼說，也緩和不了車上的緊張氣氛。

對她的恐懼，緊緊攫住了他的內心。

「說得也是。案發現場也是自家別屋的地下室。」

百道濱警部陪著笑臉繼續說下去。

「是個沒有窗戶，鐵門深鎖的地下室。被害人平常就住在那個房間裡——發現時的狀況說得明白點，是被釘死在那張床上。」

「被釘死在床上。嗯哼嗯哼。如果是地下室，就不是視覺的密室或心理上的密室，而是原始的密室呢——身為熱愛從前那個美好時代的本格推理小說之人，對這種粗獷的感覺非常有好感。」

完全猜不出她這句話有幾分認真，但是對於犯罪行為「非常有好感」這種發言，即使不是百道濱警部，也會對她的輕率不以為然。

身為警察，真想好好訓她一頓。

然而，彷彿是被她先發制人，今日子小姐詢問起地下室的細節。

「請容我確認一下，現場沒有大小可以讓人鑽進去的通風口吧？」

「沒有。出入口如前所述，只有鐵門。不過在發現時，那扇鐵門已經被破壞了。」

「破壞？是指察覺室內有異的人，利用工具之類的破門而入嗎——然後發現釘在床上的橫村銃兒——這樣吧？」

「差不多是這樣。而發現者同時也就是嫌犯。」

「懷疑第一發現者嗎——這還真是……感覺粗獷倒是沒什麼問題，但這種思考邏輯看在跟不上時代的忘卻偵探眼裡，也覺得有些過時了。」

今日子小姐莞爾一笑。

像是在調侃他，也像是在試探他——大概是後者吧——百道濱警部如此解讀。

或許是自己想太多了，不，或許可能只是自己小人之心。

「若是發生在自己家的案子，最早發現的會是家人，我倒認為是極其自然的事呢──您剛剛提到嫌犯是父親、母親或哥哥吧。是這三個人一起破門而入，一起發現的嗎？」

「是的。啊，不過，說得仔細一點，是由男士們負責破門而入的體力活。用身體撞門、用旁邊的工具把門撬開……據他們所述，當時做夢也想不到裡頭的家人居然會被釘死在床上。」

只不過，那也只是嫌犯的說詞。

或許三人之中早就有人掌握住室內的狀況──可能是三人之中的兩人，也可能是所有人。

「嗯……」

今日子小姐抱著胳膊，稍微想了一下。

「針對門扉遭到破壞而打開的密室，解決之道不外乎『其實根本沒鎖』這種可能性……」

她的意思是指「藉由破壞門扉，企圖讓人無從辨別其實沒有上鎖」吧

——當然是不可能的。那種程度的詭計，根本沒必要特地請名偵探出馬。

也沒必要特地讓自己擔驚受怕。

「剛才，今日子小姐說這是原始的密室……但唯獨鑰匙，絕不是原始的那種，不如說是最新型的。」

「最新型？」

「是的。地下室的鐵門是用卡片鎖來進行管理——進入地下室時，必須用非接觸型的鑰匙卡才能打開。」

如果硬要打開，就只能破門而入——是這種構造。

「嗯……一聽是最新型，讓我不禁上緊發條，所幸鑰匙卡還在我跟不上時代的知識裡，我的事務所兼住宅的掟上公館也有這種設備。話說回來——也因此感覺這密室有些不太對勁。」

今日子小姐說道。

是不太對勁——偵辦的專家自不待言，就連外行人也感覺到不太對勁。

如果是企業大樓，或是以絕不洩密為賣點的置手紙偵探事務所的門就算了，但是用卡片鎖來管理自家地下室的門，實在令人匪夷所思。

「一路聽下來，我本來想像的是從內部用門閂上鎖的鐵門，沒想到竟會是卡片鎖，真是太不自然了。這是所謂的舊瓶裝新酒嗎？是在地下室的舊式鐵門再加裝卡片鎖系統嗎？」

「沒錯。正如你說。」

說得更正確一點，是卡片與密碼的雙重鎖——實際上，那一家人的確是破壞了整扇鐵門才把門打開的。

「我理解密室的構造了。可是這麼一來，疑點又增加了。既然是密室，當然會讓人以為是從內側把門鎖上——但是聽您的描述，那扇門反而只能從外側打開吧？」

「對的。換句話說，不能從內側打開。」

百道濱警部直指核心。

「因為那間地下室——原本就是用來監禁被害人橫村銃兒的房間。」

是地下室，同時也是個地牢。

4

橫村家的內幕……他本來想抵達現場以後，再慎重告訴她關於橫村家的隱情，不過這麼一來也就隨便了——無論如何，要求對忘卻偵探感到恐懼的百道濱警部有條不紊地按照時間順序說明，本來就是不可能的任務。

「雖然身為負責偵辦的警察不應該說被害人的壞話，但如果家人的證詞可信，橫村銃兒似乎是個脾氣暴躁，不受控制的凶暴人物。父母已經完全拿他沒辦法，才會把他關在那個地下室裡，一起生活……」

那樣稱得上是一起生活嗎？

在別屋，而且還在地下室裡。

光聽早中晚三餐都是茶來伸手、飯來張口，或許會以為這家人是無微不至地照顧著足不出戶的次子，事實上是把他隔離開來。

「就算是血濃於水的至親，把人監禁起來也是犯罪哪。」

今日子小姐不留情面地說道——她說的一點都沒錯。

從這個角度來看，橫村銃兒被釘死在床上以前，就已經是這個家的被害人了。

只是，今日子小姐不考慮「橫村家有隱情」的發言，百道濱警部一時之間無法完全同意她這麼不留情面。

不，就算父母深受次子的蠻橫態度所苦，百道濱警部也絕不同意監禁這種行為——然而，若在其中絲毫不感糾葛，又有些不太對。

「更何況，還是在監禁時被釘死在床上，這可不是一件小事。或者是嫌犯們曾說過『擔心再這樣下去會被殺，所以先下手為強』之類，主張那是正當防衛呢？」

「不，並沒有——或該說，還沒發展到需要否認罪狀的階段。雖然他們有嫌疑，也還不到逮捕的地步——目前還只是做為關係人，偵辦完全處於摸索狀態。」

凡此種種，無論是不是第一發現者，會懷疑那家人是再自然不過的事。

被害人的哥哥雖然試圖以「我小時候如果惡作劇，也會被關進這個地下室裡」來淡化問題，或是想要大事化小，但問題根本不在那裡——畢竟很難用「小孩」來形容橫村銃兒，而且細問之下，當他還小時，別屋的地下室也還不是卡片鎖。

總之非常可疑，可疑到光用「嫌犯」兩字或許仍不足以形容。但儘管如此，也還無法構成逮捕的理由——因為他們三個人都有牢不可破的不在場證明。甚至可說是因為不在場證明太過完美，反而更加可疑也不為過。

「嗯哼。在詢問詳細的不在場證明之前，我想再確認一件事……百道濱警部，不管是卡片鎖還是什麼，安裝在案發現場鐵門上的鎖是可以從外側打開的吧？既然如此，有必要破壞鐵門進去嗎？」

真是個中肯的疑問。

這也表示百道濱警部的說明顯然不夠完整——雖然誤以為是原始的密室是今日子小姐的問題。

（從這點看來，這個人果然不是個完美的名偵探——也是會犯錯的）

「家人之所以會發現被害人被釘死在床上……並不是因為察覺到室內的異常才破門而入。」

「什麼？可是剛才我這麼問的時候，您不是給了我肯定的答案嗎？」

「不是，我是說『差不多是這樣』。的確是有異狀，但不是在室內，而是在室外——不是發生在別屋，而是在主屋。雖然這也是根據家人的證詞——原本應該放在老地方的鑰匙卡，那天早上不見了。」

「……」

「由於不是會突然不見的東西，大家想會不會是被誰偷走了——會不會是有人打算擅自把被監禁的次子放出來。於是一家人便衝向地下室，強行破門而入。大概是想確認次子平安無事吧……結果發現他被釘死在床上的悲慘模樣。」

還不確定這些說詞有多少可信度。

倘若三個人串供，愛怎麼說就怎麼說。

要做偽證也不成問題。

「如果這是偽證或偽裝工作，未免也太漏洞百出了——行動原理實在太不自然。就算鑰匙卡真的被偷，也不用立刻破門而入吧？可以先打電話給保全公司，或者是洽詢業者，請對方重新發行一張新的卡片，總之還有很多軟著陸的方法……貿然採取行動前，應當會想先求取穩健的解決辦法。」

「他們的主張是『因為人在打不開的房間裡，沒時間慢慢來』。說是等到重新發行鑰匙卡，次子都餓死在裡面了……」

「嗯哼。說是說得通。不過，先把家人監禁起來，出了事才來表示關心，總覺得說服不了任何人。」

今日子小姐聳聳肩。

「讓我說的話，真相其實是擔心被第三者知道監禁一事，才會這樣刻不容緩地想掌握住次子的行蹤吧。」

「……這也有可能。」

這麼說倒也沒錯。肯定是那樣的。

可是，能否直覺地想到這點又是另外一個問題——這種對於百道濱警部而言著實難以接受的心態，但忘卻偵探卻能立刻想像得到。

毫無人情味地理解人類的心理。

「若說衝到地下室……或該說是地牢前，看到鐵門緊閉也不敢放心……他若是這麼主張的話，就八九不離十了——當然，那扇門是自動鎖吧？」

「是的。因此雖說是密室，『如何為密室上鎖』這件事本身，並不會在鎖定兇手時造成困擾。兇手是第三者，用鑰匙卡進入地下室，動手行兇，將被害人釘死在床上以後逃走的假設是成立的。」

對了，鑰匙卡是在搜索地下室時發現的——百道濱警部補了這麼一句。只看「鑰匙在室內」這點，雖然仍合乎古典密室的條件，但既然是自動鎖，這個發現並不會使情況變得更複雜。

就只是把鑰匙鎖在裡面。

鑰匙卡帶在身上之後也是難處理，不如乾脆丟在案發現場的思考邏輯，是可以理解的——若說有什麼是難以理解的。

「啊哈哈。可是這個假設有點弱呢。只有鑰匙卡還是打不開鐵門吧？

您說過還需要密碼。」

「是的。需要八位數的密碼。並不是瞎矇就可以矇到的數字……不過，密碼隨時都有可能外洩，因為寫著密碼的紙條就放在家裡。」

「備忘錄麼。」

今日子小姐說。

「要說既然鑰匙卡都被偷了，偷看到那張紙條也不足為奇嗎——也罷，勉強還算說得過去。可是應該隨後就被否決了吧？」

今日子小姐說得篤定。

不明白她為何能如此斷言——難道自己在不知不覺間給了什麼提示嗎？

至少這點光用直覺敏銳是無法說明的。

「不，真的只是直覺。只是感覺如果這個假設說得通，一家人的嫌疑應該不會這麼重。所以呢，結果怎樣？」

「……嗯，被否定了。因為雖然門遭到破壞，但鎖本身還好端端的——

也就是說，進進出出的記錄還存在機器裡。根據記錄，並未發現有第三者使用過鑰匙卡的事實。」

記錄顯示最後一次開門的時間是前一天晚上——母親來收拾晚飯的時候——直到發現鑰匙卡不見的隔天早上，都沒有開過門的事實。

因此，就算認為兇手是第三者，那個第三者並非使用被偷走的鑰匙卡或密碼開門——失竊與命案是兩回事。

「不不，從狀況來思考，不完全是兩回事呢。只不過……」

「只不過？只不過什麼？」

「等稍微更確定一點再說吧。所謂急事緩辦。」

今日子小姐像這樣賣完關子後，又加了一句。

「目前也還沒有根據懷疑鑰匙卡失竊一定是兇手的自導自演。」

一句講完剛剛的只不過。

（還急事緩辦……這哪裡是急事緩辦，幾乎是橫衝直撞嘛）

「請繼續。我們是要來調查嫌犯——被害人家人的不在場證明吧？」

「沒錯……只是講到這裡，想必你也已經發現嫌犯們的不在場證明都是成立的吧？」

專業如今日子小姐，應該早就察覺了才是。

百道濱警部綿裡藏針地說——對於恐懼忘卻偵探的他而言，說出這句話可是相當鼓起了勇氣，今日子小姐本人卻一臉若無其事地點了點頭。

「當然，不過我也想採取水平思考，還請百道濱警部務必來告訴我。」

身為委託她的警官，被她吹捧也高興不起來——反而是她這般無懈可擊的應對，要說可怕也挺可怕的。

想來是自信或自負的展現。

「……自前一天晚上到發現時，地下室的門都不曾被動過，因此可以排除由第三者下手的這個可能性——然而，也同時排除了當事者那一家人犯案的可能性。鐵門一整個晚上都關著的記錄坐實了所有人的不在場證明——沒有人進到地下室裡。從這個角度來看，這果然是一樁由密室狀況所衍生的不可能犯罪哪。」

5

「為求謹慎起見，若是讓我再舉一個可以推測被盜的鑰匙卡並沒有被使用的根據……大概是不用特地冒著風險把卡片偷出來，地下室鐵門的強度也不過是只要有心，就能以力氣破壞的程度呢！」

今日子小姐說道。

搜查本部目前未曾從這個角度思考，但這麼說來，倒是挺有道理的。

如果只是想殺害遭受監禁的橫村銃兒，根本不需要冒兩次險——可以把犯罪風險控制在一次以內。

話說回來，實在想不到有誰會想要殺死遭受監禁的人。

會遭被害人蠻橫到幾乎無法溝通的粗暴行為對待的，頂多只有家人——所以恨到會想殺死他的人，也就只有家人了。

（應該是又愛又恨的情緒吧——不，那也是恐懼嗎？再也沒有比無法溝通的家人更可怕的存在了——）

「真是的。非但一點都不古老，根本是最新型的密室麼？還用數據記錄進行管理……身為活在從前那個美好時代的人，就快要跟不上了呢！」

把自己說得像是福爾摩斯或白羅那時代的人，算是純粹自謙之詞嗎——但事實上，她再次拋出精準的問題。

「有可能竄改記錄嗎？」

「既然是數位資料，倒也不是百分之百不可能——不過，鑑識人員認為看起來並沒有被動過手腳。」

當然，也因為「既然是數位資料」，仍無法完全排除是被人不留痕跡地進行竄改的可能性——但是嫌犯們也不是工程師，很難想像有這麼高明的技術。就連不高明的竄改，對他們來說大概也是不可能的任務。

「不是工程師——說來，我還沒問過那對父母與兄長是做什麼維生的？聽您的說明，家裡似乎非常有錢。」

百道濱警部沒有別的意思，今日子小姐應該是從家裡有別屋、地下室安裝著最新型的卡片鎖這些要素做出這樣的推理吧？

「父親退休前是某家大公司的要人——母親原本也在同一間公司做事，結婚後順勢走入家庭，直到現在。至於長子，目前仍在那家公司上班。」

「全家人都跟那家公司有關嗎？」

「是的。不過遭受監禁的被害人當然例外。」

這應該不需多言。

根據調查，父親曾以「米蟲」、「吃閒飯」來形容次子——這麼一來，就不是又愛又恨，而是憎恨的比例占了大半。

「你說退休，父親的年紀有那麼大嗎？」

「是不年輕，但也並非是因為年紀到了才退休——雖然表面上說是由於個人因素，但實情好像是要母親一個人照顧次子也已經到極限了。」

「……為孩子辭職嗎。不，照你這樣說，與其說是為孩子，不如說是為妻子吧——」

「你認為那是殺人的動機嗎？」

「還不好說。而且要說到動機，也可能是由於不忍心見父母為次子的蠻橫疲於奔命，長子才會做出如此苦澀的決斷——或是單純嫉妒父母都只關心弟弟也不無可能。不是有句話說『愈讓人費心的孩子愈可愛』嗎。」

橫村銃兒讓人「費心」的程度似乎不是這種等級——想當然耳，也不能因為這樣就動手殺人。

儘管如此，動機還是很重要。

三個人都有動機——也可說只有那三個人才有動機。

「說得也是呢。只不過如你所說，由數據記錄構成的密室不僅排除了第三者，也排除了同居家人行凶的可能性。因為就算鑰匙卡不見是偽裝工作的一環，只要沒有竄改記錄，任何人都不可能在半夜潛入地下室，將被害人釘死在床上。」

「是的，這是不可能的犯罪——三個人都這麼主張。」

那樣子看起來也像是在互相包庇——畢竟是一家人，要說會互相包庇是人之常情，倒也是人之常情。

對於橫村家而言亦是如此——只有橫村銃兒是例外。

「這樣啊——我想探究密室問題的細節，可以嗎？」

「當然可以。請儘管問。」

「鑰匙卡不見時，或是忘記密碼時，有沒有什麼緊急應變的措施？」

「沒有，只能向業者或保全公司求助。」

「門有沒有被『二度』破壞的痕跡呢？也就是把夜裡已經破壞過一次的門修復，使得乍看之下什麼事也沒發生過的可能性。」

「沒有——因為是鐵門，是以鐵製成。如果要修復損壞的部分，就必須進行焊接作業。」

「啊哈哈。要是有用高溫熔化鐵門，再使其冷卻，恢復成原狀的推理小說，我倒是很想看看呢。」

「這種詭計也太新潮了吧？」

「這倒是。那麼最有可能的推理是——命案並非在夜裡發生，而是早上三個嫌犯破門而入時才發生。瞞著其他兩人的耳目，或是三人聯手，將睡著的被害人釘死在床上……不，或許破門而入的噪音早已吵醒了被害人也說不定。總之，或許我們應該檢視一下關於『瞬間殺人』的模式是否可行？」

「瞬間殺人」這種想法，對百道濱警部來說很新鮮——不過看她說話的態度，對推理迷而言，這種詭計似乎是基本中的基本。

然而，那是不可能的。

姑且不論從前那個美好的時代是如何——現代有種憑據叫做「死亡推定時刻」。

「不管將被害人被釘死的時間抓得再怎麼寬鬆，也能斷定是發生在深夜中的事——絕不可能是早上行凶。」

「同樣的道理，也不會是前一天晚上——記錄上最後一次開門的時候——也就是趁母親撤下晚飯時的凶行嘍？」

今日子小姐有所領會，點了點頭。

瞧她那沒有半點失望之情的模樣，與其說是檢視密室的存在，不如說是正在仔細地消去是為密室的可能性吧。

說什麼急事緩辦，其實是展開最後衝刺前的熱身運動吧。

「那麼，最後是——」
明示順序的提問，也是她仔細的表徵吧。
「調查過被害人自殺的可能性嗎？」
「……」
「像是不堪監禁生活，或者是不想再給家人造成困擾，自己結束生命的假設，也不是並非成立吧？」
「……」
今日子小姐的提問似乎是為求謹慎，而百道濱警部雖明明可以口頭回答這個問題——但是車子正好在紅綠燈前停下，他從口袋裡拿出手機，秀出儲存在裡頭的現場照片——被害人的照片，遞給坐在副駕駛座的偵探。
百聞不如一見——不。
該說是一目了然嗎。
百道濱警部心想，只要看到被釘在床上的被害人死狀，什麼不用說也應該能讓她了解——檢討被害人自殺的可能性是一件多麼愚蠢的事。

真要說的話，也有所期待。

行事作風活像搭載人工智慧的將棋軟體般，總是按部就班地檢討所有可能性的她——即便是為最快的偵探，只要看到實際的屍體，也會對自己這種玩弄理論的行為感到可恥吧。

有所期待。

百道濱警部沒有要自以為是地敦促她反省的意思——只是想強調發生在現實裡的命案可不像推理小說那樣具有娛樂效果，一切盡皆悲劇。

雖然這種事不用百道濱警部強調，今日子小姐肯定也心知肚明。

「嗯哼。原來如此。看他這副死狀和絕對稱不上安詳的遺容，的確不可能是自殺呢。」

我明白了——她說。

然而，即使出其不意地看到血淋淋的屍體照片，依然面不改色、應對自如的她，讓百道濱警部實在無法不感到毛骨悚然。

6

該期待忘卻偵探的理應是思考，期待忘卻偵探有人情味本來就錯了——就算心裡很清楚，百道濱警部依然忍不住想試探她。

揣測她的內心世界——宛若心理測驗。

然後每次都會因此感到心驚膽寒。

這也不是「第一次」了——這是他們第五次一起辦案，讓她坐警車也是第三次了，但是還遠遠比不上試探她的次數。

而且至今還沒有一次得到過好結果。

儘管如此，百道濱警部依舊無法停止試探——無法克制自己不去實驗她真的是個人，而不是思考的機械。

一而再、再而三，彷彿總是忘了以前得到過的答案——不，正因為記得很清楚，百道濱警部才無法不一再試探。

很像是受到好奇心的驅使而一再窺視可怕深淵，但其實並不同——百道濱警部想看到的，是不可怕的東西。

想確定掟上今日子並不是機械——也不是妖怪。想知道的，只是這種理所當然的答案。

（我堅持的肯定是無關緊要的小事吧……就算今日子小姐是生化人，是會讀心術的妖怪，只要能找出事情的真相，她是什麼根本都無所謂）

如果今日子小姐是個看起來不近人情、表情冷酷的偵探，大概還不會讓百道濱警部這麼想，偏偏對方是個只有外表長得很可愛的白髮偵探，才會令他感覺認知失調也說不定。

想當然耳，忘卻偵探不可能始終未曾覺察百道濱警部的內心戲——縱使無從得知具體的理由，但是他問了那麼多奇奇怪怪的問題，又不由分說地讓她看屍體的照片，總該會覺得他的行為別有用心。

雖說每次都會忘記委託時發生過的事，但是從百道濱警部的言行舉止，偵探應該早已有所覺察——察覺到委託人對自己「感到害怕」一事。

只是，她始終不曾追究過這一點，這也是每次的慣例——因為他怎麼看她，並不會影響偵探能否破案。

徹底地節能，為了成就極速而追求最快的性價比——就像F1賽車為了追求速度，致力於輕量化再輕量化，最後成了無法在公路上行駛的車款那樣，忘卻偵探似乎也正逐漸失去社會性。

（仔細想想，「忘卻偵探看到區區的屍體照也不會有所動搖」這種事早該在常識的範圍內了——畢竟，不管看到再怎麼淒慘的案發現場，這個人到了第二天就會忘得一乾二淨）

光是想到手機裡有那樣的照片就心情陰鬱的百道濱警部，要和她相提並論，本來就是件強人所難之事——但至於哪一種偵辦態度比較正確，當然是今日子小姐略勝一籌。

（說穿了，只是無能之人硬是對能幹的人雞蛋裡挑骨頭嗎）

（——可是）

百道濱警部無論如何也不能認同「只知追求正確的行為」是正確的。

7

車上的對話自此變得有一搭沒一搭的——該提前告訴她的事都說得差不多的百道濱警部，並不具備能以閒話家常來填滿空白的如簧之舌——幾乎是無言以對地度過尷尬的時間後，兩人終於抵達案發現場的橫村家。

不過，覺得沈默兜風之旅很尷尬的只有百道濱警部，今日子小姐似乎把這段時間都用於沉思。

「果然是有錢人呢——與其說是住家，根本是豪宅呀。」

今日子小姐這麼說著，同時走下停在停車場的車子逕自向前行，百道濱警部隨後跟上——她的目的地看來不是主屋，而是直接往別屋的方向去。

由於不願再待在家人遇害之處，三名嫌犯目前都暫住在附近的飯店裡，所以橫村家現在空無一人——雖說已經事先徵得同意，但是看著大模大樣地在別人家走來走去的忘卻偵探，即使緊追在她的身後依舊覺得難靠近。

「好好噢，有錢人。有錢人，好好噢。好好噢，好好噢，好好噢。」

「……」

可以將今日子小姐三步併成兩步地走在庭院裡發出的這些喃喃自語，解釋成她其實還挺有人味的嗎。

正當百道濱警部迷惘之際，兩人已經速速來到別屋，走進屋內站在通往地下室的鐵門前——不，鐵門已經完全被破壞掉了，連同上頭加裝的卡片鎖，全都被搬走了。

不用向主人借鑰匙，此刻的地下室也已是來者不拒的狀態——話雖如此，但是一想到走廊盡頭就是命案現場，就遲遲踏不進去。

雖然沒有門，但彷彿有一道看不見的牆壁。

然而，這也是百道濱警部一個人的感覺，今日子小姐絲毫不以為意地以與來時相同的步調，鑽進原本有扇門的門框，走進地下室內。

百道濱警部連忙跟上去。

這間地下室原本好像是做為儲藏室使用，但整修過後的格局則活像是以備不時之需的避難所。

廁所自不待言，就連淋浴間也不缺——雖然設備簡單，但也設有廚房。隔間為兩房一廚一廳。

當然還是絕對不想被監禁在這種地方，但是只要有水和食物，應該可以暫時住上一段時間——不過頂多也是「一段時間」。

傳聞有學說指出若長期生活在與外界隔絕的環境下，精神會變得不太正常——被害人橫村銃兒又是如何呢？聽說他會把所有拿手到的物品都亂扔一通，一有不順心的事就大吵大鬧，有時還會鬼哭神嚎，是非常難伺候的暴力分子，住在這種地方，想也知道情況只會惡化，不可能變好。

「簡直像是打翻的玩具箱呢。」

相較於視其為避難所的百道濱警部，今日子小姐對亂七八糟的地下室似乎是這種印象。

的確——亂到就連立足之地也沒有。

「這是行凶過後的痕跡嗎？還是平常就這麼亂？」

「好像……平常就這麼亂喔。在發現屍體之前，那家人還以為次子被

『綁架』了，手忙腳亂地尋找了一番。發現屍體之後，又以為兇手可能還躲在哪裡，再把可以躲人的角落都搜了一遍，所以凌亂的狀態多少和『平常』有些出入吧。」

據說鑰匙卡就是在亂成這樣的房間裡找到的。會不會是橫村家的哪個人破門而入之時，趁亂拿出口袋裡的鑰匙卡假裝發現？

（雖然這是就連我也知道，比什麼瞬間殺人都還常見的詭計……）

不過，也不用因此故意把房間弄亂。

這是被害人不懂得整理環境的生活態度表徵——又或者是主張縱然監禁被害人，但是仍對被害人照顧得無微不至的家人們在證詞上的破綻。

「唉……」

今日子小姐裝模作樣地嘆氣——該說像是正在傷腦筋嗎，總之是有些憂鬱的模樣。

「……？」

怎麼了，真不像她。

過去無論百道濱警部如何百般試探，始終八風吹不動，宛如戴著面具，笑容可掬的忘卻偵探，到了這一刻，臉上竟突然浮現倦怠的表情。

因為實際走訪案發現場而感到心情沉重嗎——想也知道這是不可能的。都能說出「真像是打翻的玩具箱」這種浪漫的感想了，顯然不是這樣。

那究竟是何事讓今日子小姐忍不住嘆息呢？

「那個……今日子小姐？你怎麼……」

「百道濱警部，您很討厭我吧？」

正當他憂心忡忡地要提問時，卻先被問了這個問題——今日子小姐抬起頭來，直勾勾地盯著他看。

出其不意地被這麼一問，而且還是相當直截了當的詢問，令百道濱警部驚慌失措，只得六神無主地找藉口。

「呃，不，絕不是討厭，當然也不是最討厭——」

藉口。一聽就知道是藉口。

一路上表現出那麼不自然的態度，事到如今還想狡辯什麼——但也不覺得在此強調不是「討厭」而是「害怕」以正視聽會有什麼意義。

光是猝然給她看被釘死在床上的屍體照片，就足以證明百道濱警部的惡意了——雖然他其實沒有絲毫惡意，但這麼說也於事無補。

今日子小姐為何會在此時提出這個問題呢——真是令人不解。明明過去四次一起辦案時，肯定也感受到百道濱警部冷淡疏遠的態度（其實是「提心弔膽的舉動」），卻一次也沒有追究過。

為何這次偏要追究呢？

比起建立人際關係，忘卻偵探不是應該要以破案為優先嗎？

今日子小姐收起笑容，等著百道濱警部回答，表情十分平靜——不經意流露出的憂鬱氣息已消失殆盡，他還以為是自己看錯了。

結果想了半天，百道濱警部還是想不出該怎麼巧妙閃避這樣的正面攻擊，只好用問題回答問題。

「怎、怎麼會這麼問呢？這……這跟命案有什麼關係嗎？我是不是害怕……討厭你，對你來說……對偵探來說並不重要吧？」

這個反問幾乎等於承認，但百道濱警部已經盡力了。

「不，怎麼會不重要。為了破案，一定得確認這點才行——而我現在也得到想要的答案了。」

心領神會了——今日子小姐說道。

完全聽不懂她在說什麼。

百道濱警部討不討厭（害不害怕）今日子小姐，為何會與破案有關呢？

「這當然是因為掟上今日子是偵探嘛。偵探就是要刺探不想曝光的祕密、探究不想被知道的事情。我很清楚討人厭也是工作的一部分——其實被討厭我也不在乎，啊哈哈。反正到了明天就會忘記。」

「……」

完全不會因為被人討厭而感到壓力，還真是令人羨慕——這點倒不令人害怕，而是真的羨慕。

「不同於推理小說的世界，當順利破案時，名偵探往往不會得到類似『明智先生，萬歲！』的歡呼——而且就這次的案子而言，如果百道濱警部不討厭我的話，我會很傷腦筋的。」

「傷、傷腦筋……？我不討厭你的話？」

愈聽愈迷糊了。

正當百道濱警部藏不住被看穿心思的困惑之時。

「因為，如果不是因為討厭我，就不會拿這次的案子來委託我的事務所了。換句話說——」

如果不是被對偵探的厭惡蒙蔽了雙眼，身為警官的你不可能無法解決這麼顯而易見的命案——今日子小姐說道。

「顯……顯而易見的命案？」

她在說什麼？

要假設是因為喜歡才委託她還可以理解，居然說是因為討厭才委託她才比較合情合理——這到底是什麼邏輯？

「就是顯而易見的命案。警方當然不用說，即使不是專家，也能輕易破案，極為簡單又顯而易見的命案——只不過，太慘無人道了。慘到令人不想破案——慘到令人不想去理解。因此，您才來委託我這個討厭的偵探——想藉由討厭的我破案。要是不去相信您對我有意見，這裡用的詭計根本單純到令人難以置信。」

今日子小姐邊說邊在室內四處走動，然後走到被害人橫村銃兒被刺穿釘死的床邊，停下腳步。

接著輕輕地把手放在床架上。

「呃……那、那麼今日子小姐是說，你想通兇手用的詭計了嗎？」

踏進現場不到五分鐘？不，這種速度對於最快的偵探而言，絕不是什麼稀奇的事——然而，今日子小姐卻「不不不」地搖了搖頭。

「其實在來這裡的路上，百道濱警部在警車上給我看照片時，我就已經明白兇手的詭計了——一目了然。」

「一目了然……」

「是的。並非百聞不如一見，而是一目了然。」

「……」

所以她才會從那時開始沉默不語嗎？並非解開密室之謎，而是因為已經進入檢討真相的階段？

只是，在抵達現場以前，光憑那張根本看不到房屋全景的屍體照片，就看穿密室的詭計也未免太……

（……可怕）

「那是任何人都能明白的詭計。我後來是在車上思考『為何百道濱警部不自己解決』這起一目了然的案子——如果這是為了把解決篇推到我頭上，一切就說得通了。」

要用這種莫名其妙的理由自圓其說，百道濱警部也不知該說什麼才好——不過，或許也就是這點。

單就「聰明」而言，百道濱警部認為自己與今日子小姐並沒有太大的差別，為何自己無法偵破的案子，今日子小姐卻能偵破呢？

今日子小姐在車上思考的問題，同時也是長久以來困擾著百道濱警部的疑問。

（可是，若說那個理由是我「打算把解決篇推給今日子小姐」，又是什麼意思呢……）

雖然百道濱警部認為縱使是組織外的人才，警方也不該在尋求其協助時感到猶豫，但是身為警察，若能靠自己破案，當然是自己破案比較好。

可是百道濱警部還沒來得及從混亂中振作起來，最快的偵探已經迅速進入「解決篇」了。

「由於卡片鎖記錄形成的密室。門是鐵門，沒有窗戶。從前一天晚上到第二天早上，包括被視為嫌犯的一家三口在內，沒有任何人入侵地下室的痕跡。然而死亡推定時刻卻是半夜。破門而入時，鐵門遭到物理性的破壞，發現被釘死在床上的屍體——我用自己的方式整理了一下本案的概要，還有其他要補充的嗎？」

「沒、沒有。」

把自己在車上說得支離破碎的案情整理得這麼簡明扼要，身為委託人真是面上無光。

「一開始懷疑是瞬間殺人的手法，趁著破門而入時的混亂，刺死躺在床上的被害人，但是從死亡推定時刻來看，那是不可能的——於是結論就只有一個。」

她都說到這裡了，百道濱警部依然一點概念也沒有，他的疑惑不僅沒有得到解答，反而更茫然不解。

「請別那麼謙虛。因為百道濱警部其實早就抓到重點了——您剛才不是說過嗎？關於發現鑰匙卡的來龍去脈——你說在房間裡發現的鑰匙卡可能並不是兇手故意把卡鎖在房裡，而或許是發現有異、破門而入之時，三名嫌犯的其中之一趁亂偷偷放在房間裡也說不定。」

我說過——不，並沒有。我只是想到而已。

只是被她看穿了。

這種連推理都稱不上的初級猜想，到底能代表什麼？

「關於鑰匙卡的遺失及發現的真相，事實上的確還有好幾種可能性——可是，您不覺得也能把這個詭計的核心思維直接套用在行兇手法上嗎？」

「套用——」

「兇手不是在密室裡刺殺被害人，而是在密室外刺殺被害人——時間則是半夜。然後再趁破門而入之時，假裝搜索被害人或兇手，將屍體連同凶器布置在床上。」

之所以選擇刺殺這種殺人手法，也是為了讓人誤認是在這張床上行凶吧——今日子小姐說道。

「之後再把屍體放回密室裡嗎？」

如同把最新型的鎖加裝在古老的地下室門上——

「也……也就是說，兇手是最後見到被害人的人物——橫村銃兒的母親嗎？去收拾晚飯時，同時將被害人帶出來——在自己的房間或其他地方動手殺害的嗎？」

「就是這麼回事。恐怕是單獨犯案——因為若是三個人串通，應該能更不著痕跡地蒙混過去，根本不需要使出這種宛如走鋼索般的詭計。」

「可……可是，要怎麼在不被其他兩個人發現的情況下，將一個人的屍體搬進密室裡……」

「哎這不是很簡單嗎？簡單到——顯而易見。只不過……」

今日子小姐說完，把手從床架上移開——從嬰兒床的床架上。

「只不過……實在是太慘無人道了。」

8

只要了解到這一點，根本沒什麼了不起的——這句話聽起來像是推理小說的慣用句，但是就這次的案子來說，根本在了解到這一點之前，就沒什麼了不起的。百道濱警部痛感案情之單純。

單純到近乎屈辱。

絕對不可能有其他的解答——問題只在於心理上能否接受這麼單純，但卻又慘無人道的現實。

慘無人道的現實。

與此同時，也是不足為奇的現實。

發起瘋來誰也控制不住，一有不順心的事就大吵大鬧、根本無法溝通，凡事都需要別人照顧的存在——亦即剛出生的小嬰兒，疲於育嬰的父母，被逼到忍耐極限而動手鑄下的悲劇，在世界各地屢見不鮮。

多到令人無法直視。

不忍卒睹的現實。

現實生活中的命案並不如推理小說般具有娛樂效果，一切盡皆悲劇——他想這樣對忘卻偵探說，但是無法直視悲劇的人，其實是百道濱警部。

或許在他心底真有「藉由把破案交給所謂的名偵探這種幾乎等同於虛構、架空的存在，直接把那種悲劇娛樂化」的算計——不。

終究是推卸責任。

將解決篇——推給自己以外的人。

讓對方代為說出難以啟齒，就連提都不願意提的真相。

「光是聽百道濱警部的說明，使得我對於被害人橫村銃兒產生『明明已經老大不小卻遊手好閒，生活起居靠父母照顧就罷了，還對家人動粗』的印象，連著思考也陷入了混亂——但是在看到命案現場照片的瞬間，一切都昭然若揭。」

今日子小姐說明她推理的來龍去脈——她所謂「比想像中多花了點時間的來龍去脈」。

命案現場照片——屍體照片。

被釘死在床上的被害人照片——亦是被釘死在嬰兒床上的嬰兒照片。

已經不是「令人無法直視」的圖像，根本是地獄變相圖。

——你認為這樣的小嬰兒會以這種方式自殺嗎？

百道濱警部原本是想對名偵探——像是要網羅所有可能性般，連自殺的可能性都不放過的名偵探——這麼說。不過實在是說不出口，於是才拿照片給她看。

明明今日子小姐即使突然看到那張照片時也沒有任何反應——但或許就在同時，那張照片也讓她徹底釐清了真相。

釐清了百道濱警部的語焉不詳。

另一方面，「陷入了混亂」也是事實吧——不管是他在那之前的不對勁，還是他在那之後的不對勁。

因為產生了必須釐清究竟是什麼原因，使得百道濱警部明知被害人是連「兒童」都還稱不上的嬰兒，卻探索不到真相。

而原因就出在那張淒慘的屍體照片——不僅使得百道濱警部無法直視命案的真相，還促使他把調查工作全扔給置手紙偵探事務所——把解決篇推給偵探，把面對真相的任務交給別人。

不想深入探究家庭內的問題，想與令人同情的人們保持距離，不想讓人以為自己是會推理出這個殘酷真相的人——沒有人情味的人。

想當個有感情的人——情感豐沛的人。

試圖讓「最討厭」的忘卻偵探代為說出自己不想說的真相——釐清這點的瞬間，對今日子小姐而言，謎底全都解開了。

話說回來，百道濱警部並不覺得自己是基於這麼惡毒的想法委託她——

若這樣凡事都往壞的方向解釋，實在是誤會大了，真的必須向她解釋清楚。

只是，如果僅因為今日子小姐沒有人情味到令人感覺恐懼的地步，又是個調查時有條不紊的最快偵探，就妄自認定她在不管面對多麼慘無人道的命案、多麼慘無人道的真相時都能不放在心上——倒是無從否認。

「請讓我補充一些細節……就算是小嬰兒，要在不讓其他兩個人發現的情況下偷渡進現場，也不是一件容易的事。因此，深夜動手行凶後，先把屍體藏在別屋的某處，之後假裝去找讓父親和長子用以破壞鐵門的工具時，再到『那邊』取出屍體，藏在衣服裡——想當然耳，衣服會不自然地隆起。而且還要把刺穿心臟的利刃也偷渡進去才行。不過，因為她站在拚命破壞鐵門的男士們身後，就不會被注意到了。」

不，有沒有被注意到其實很難說——雖說難度比將大人的屍體偷渡進去低很多，依舊是要藏起人類的身體——不，不是身體，是屍體。

不會說話的屍體。不會大吵大鬧，也不會失去控制的屍體。

聽說也有人從懷孕到生產，周圍的人都沒發現她懷孕，可見每個女人的情況不一樣，但就算當場蒙混過去，後來也會被發現吧。

雖然結果看來一切得以按照計畫進行，也真的稱不上是巧妙的詭計——選擇在前去收拾晚飯時趁孩子睡著帶出來，萬一在殺害前孩子醒來，大吵大鬧的話，整個計畫就付諸流水了。

或許付諸流水才好，或許那才是她期待的結果——因為漏洞實在太多。如此粗糙的詭計到什麼時候東窗事發都不奇怪。

一如今日子小姐形容的走鋼索。

若是這樣，父親與長子即便不是共犯，可能也袒護了母親——為了照顧上了年紀才生下的次子而退休的父親、自己能夠活得好好地被養到這麼大的長子，會不忍心再苛責母親也並不奇怪。

從平時就把自己的親骨肉關在地下室，採取近乎監禁的方式加以虐待的情況看來，母親應該是陷入嚴重育兒焦慮的狀態——既然如此，就無法單純地一口咬定她沒有值得同情的餘地。

但這些只是曾經直接與橫村一家人本人接觸過的百道濱警部個人感想。

這件事一旦公諸於世，橫村銃兒的母親定會被報導成不僅沒有好好照顧小孩，而且不是因為一時衝動，是基於「縝密的計畫」將親生兒子釘死在床上的妖怪母親吧——會受到「懷有相同的煩惱及痛苦，卻還是好好地照顧小孩的母親大有人在」這類眾口一聲的輿論攻擊吧。

不想成為那樣的契機。

因為不想成為那樣的契機。

（因為明明不是那樣啊。妖怪明明是面對這種狀況，竟然還井井有條地指出那個母親是兇手的人——）

不。

或許也不是那樣的。

「好了，接下來就交給您了，百道濱警部。不用送我回家也沒關係。今天真是麻煩您了。下次委託我的時候，請務必讓我乘坐真正的警車喔。」

「解決篇」一結束，忘卻偵探馬上匆匆回家了，大概是誤以為百道濱警部真的討厭她吧——不過，說不定那種歸心似箭的態度，其實是來自想用最快的速度回到安全無虞的住家兼事務所，好好地睡上一覺的心情。

用最快的速度。

說不定是來自想要快點忘了案情及照片的心情。

被外表所騙，至今仍期待她具備那般人情味的自己，肯定是蠢到不能再蠢吧。然而，倘若今日子小姐是為了扮演好偵探的角色——扮演好名偵探的角色，刻意在辦案時拚命壓抑那股柔軟情緒的話。

倘若她是自己把人性監禁在密室裡。

只能說，再也沒有比這個更可怕的實驗結果了。

第四話

掟上今日子的筆跡鑑定

1

遊佐下警部完全辜負他姓氏的第一個字，是個滿腦子只有工作的男人。因此對於同樣以「遊」字開頭的設施，比如遊樂園這種地方的不熟悉，說是這輩子從沒來過也不誇張的地步。他甚至是把這裡視為不適合自己的地方，從十幾歲起就刻意繞道而行。

因此，這次由於工作需要——亦即命案的調查需要，不得不來到當地最大的遊樂園辦案，實在令他提不起勁來。

更別說還要和那位忘卻偵探相約，還得在相當於遊樂園地標的巨大摩天輪前等她會合。

「初次見面，我是偵探掟上今日子……讓您久等……久等……了……？咦……？這、這個，我是……？」

比約定好的時間還早出現在指定場所的白髮偵探，認出比她更早到的遊佐下警部時，彷彿看到憑空消失之類的不可能犯罪似的，錯愕不已。

臉色蒼白到絲毫不比白髮遜色。

法蘭絨襯衫搭七分喇叭牛仔褲、球鞋這種方便活動的服裝非常適合遊樂園，但是看到今日子小姐臉上的一副錯愕表情，遊佐下警部已經無暇留意她那身打扮。

完蛋了。

不小心犯下與忘卻偵探共事時的兩大禁忌之一——兩大禁忌中比較有名的是「今日子小姐的記憶每天都會重置」，也使她成了世上少有之能夠嚴格保守祕密的偵探。所以就算過去曾經一起調查過，再次見面時，每每也必須假裝「初次見面」，但除此之外，還有一個意外不為人知的禁忌。

不能比今日子小姐還早抵達相約的地點。

或該說「故意遲到」是不可或缺的禮貌。

當然也視時間及場合而異，但是如果看到有人比自己更快採取行動，今日子小姐就會驚慌失措或不高興，嚴重時聽說甚至還會顯露敵意。

「呵、呵呵呵。居然比最快的偵探更早來到現場，真是了不起。是想表示如果我是最快的偵探，你就是最快的刑警嗎。」

只見她逕自燃起熊熊的對抗意識。

看樣子，今天似乎是「嚴重時」。

不，他壓根兒也沒有要自詡為最快刑警的意思——只因為是造訪不熟悉的遊樂園，深怕有什麼不周到的地方，為求謹慎起見，提早過來而已，絕對沒有要跟今日子小姐比速度的意思。

剛見面你就笑得那麼尷尬我也很頭痛——遊佐下警部其實是一名以小心駛得萬年船的態度辦案的刑警，甚至還有同事取笑他遲鈍。

正當他想著該怎麼挽救這個「初次見面」的「第一印象」，是不是先道個歉比較好時。

（算了，就這樣吧——）

遊佐下警部決定換個角度想，也可以說是死了心。

（——反正這次恰好希望她能將對「最快」的執著發揮到淋漓盡致，所以才會請到和我的辦案風格著實合不來的忘卻偵探過來哪）

「無妨，我接受你的挑戰。」

雖然希望她接受的委託而不是挑戰，但遊佐下警部也只好先配合。

「還請多多指教。」

2

「呃——首先，請容我訂正一下，這座遊樂園並不是案發現場。」

總之兩人先離開摩天輪前，在園內的咖啡座坐下後，遊佐下警部開口這麼說——今日子小姐彷彿借酒澆愁似的，啜飲著都快從紙杯滿出來的大杯黑咖啡。

「不是命案現場？」

她側著頭反問。

「所以是遊佐下警部欺騙了我嗎？」

敵意真不是蓋的。

如果是遲到惹她生氣就算了，為什麼會因為比約定的時間早到而被她氣成這樣啊。明明那杯大杯咖啡也是遊佐下警部請她喝的——不過話說回來，大杯的黑咖啡，光看就令人噁心反胃。

「不惜欺騙我也要得到最快的威名……速度之王真不是浪得虛名呢，遊佐下警部。」

並沒有人稱他為速度之王。

倒是有人說他遲鈍。

這麼不名譽的綽號，縱使今日子小姐明天就會忘記，遊佐下警部也沒打算特地告訴她。

「案發現場在別的地方……不用說，是殺人案。」

「嗯哼。」

眼鏡下滿面僵笑的今日子小姐微微正色。這點倒是不愧夠專業。可以的話，希望她就這樣忘記速度之王的事。

「請想像命案是發生在離這座遊樂園有一段距離的地方——有個人殺了

另一個人。」

「講得還真隱晦呢。有一段距離的地方？有個人殺了另一個人？……說得再具體一點也沒關係啊。你可能忘記了，我可是忘卻偵探。」

這個他知道。

無論告訴她什麼機密，明天都會忘得一乾二淨，幾乎不用擔心會洩漏情報的偵探——正因為如此，置手紙偵探事務所才會一直是警方御用的偵探事務所。

然而，就算是這樣，將「小心駛得萬年船」奉為圭臬的遊佐下警部也不會因為「反正都會忘掉」就大嘴巴地什麼都講——無論如何，都應該把告訴外人的情報控制在最小範圍內。

因為「幾乎不用擔心」會洩漏情報，也還是等於「有一點點擔心」。

不能掉以輕心。

這也是人家說他「遲鈍」的由來，也因此與忘卻偵探合不來。

不過，今日子小姐已經忘了過去的「合不來」。

「啊哈哈。算了，這也是一種見解呢。」

反而接受了他的說法。

「不過，一旦限制可以取得的情報，想當然耳，必然會影響到工作的成果……不曉得我能不能好好地幫上忙。」

「呃，如果是必要的情報，我當然會知無不言。因為我這次希望今日子小姐發揮的並不是忘卻偵探的能力，而是最快的偵探的能力。」

「原來如此，最快的刑警想跟最快的偵探較量啊。」

就說他不是最快的刑警了。

真希望她能忘掉這種競爭心理。

「是有什麼必須盡快破案的原因嗎？例如時效快到了？」

「殺人案的時效最近已經廢止了。」

「哎呀，是這樣的嗎。這還真是世事無常呢！」

用有無時效制度來判斷世事無常，實在是令佐遊下警部滿頭問號，但這並不重要，破案並非燃眉之急——不，若能快點解決當然是件好事，只是比起欲速則不達，遊佐下警部更崇尚慢工出細活。

既然如此，又是什麼原因，會讓他去請到只有在緊急情況下才會找來的掟上今日子協助調查呢——

「幾乎已經確定那起命案的嫌犯了，就稱其為A嫌好了。」

「我明白了，A嫌是吧。」

在遊樂園用代號交談，彷彿回到十幾歲的時候——今日子小姐笑逐顏開地說道。記憶會重整的忘卻偵探也記得十幾歲的事嗎？

即使是在今日子小姐十幾歲的時候，也已經沒有人在用代號交談了吧，再說A這個字母，其實也不是嫌犯的姓名縮寫。

「可是A嫌殺害A被害人的現場並不是這座遊樂園對吧？」

「沒錯。」

遊佐下警部對今日子小姐的確認表示同意——連被害人也用A來代稱，聽起來很容易混淆，不過就算了。只是如果連命案現場都用A現場來代稱的話，就要阻止她了。

「我個人認為A嫌就是兇手，不會錯的。因為有很多證據都顯示那個男的——或是那個女的就是殺人兇手。」

為了模糊性別，用了「男的或是女的」來表述，但這種說法或許真的太模糊了，讓今日子小姐也愣了一下。即使是「初次見面」，她可能也已經開始感覺到彼此合不來了。

「可是A嫌否認涉案。堅持自己有不在場證明——所以警方也不能無視其主張。」

「不在場證明……嗎。」

「是的。A嫌說自己在案發時刻，正在這座遊樂園裡玩——」

聽遊佐下警部這麼一說，今日子小姐轉身將周圍看了一圈——因為是平日的白天，人潮還沒有多到會讓人動彈不得的地步，但遊客依舊如織。

「嗯。所以才會約在這裡嗎——所以才會比我早到嗎。」

不，遊佐下警部之所以早到，純粹是因為對這裡不熟。

與其說是不熟悉，不如說是不情願。

摸著良心説，他只想趕快離開這種熱鬧的地方——不過若把這種真心話説出來，可能又會遭到最快的偵探「連離開都要搶快!?」的譴責。

「換言之，這次的委託內容是不在場證明的確認——説得更具體一點，是要我確認有沒有製造不在場證明的可能性，亦即推翻不在場證明嗎？」

「大致而言是那樣沒錯。」

遊佐下警部説道。

他的策略是藉由稱讚今日子小姐的理解速度，或許能稍微緩解一下她對於速度的競爭心理。

「『大致而言是那樣』，就表示還有些許出入嘍？」

卻被緊咬著不放。

這或許也是敵意搞的鬼。

比上次更難相處。

「呃，不是大致而細緻地……抱歉，説得更仔細點，希望今日子小姐挑戰的並不是推翻不在場證明，而是脱逃遊戲。」

「脫逃遊戲？」

「是現今遊樂園必備的活動設施。希望今日子小姐能夠用最・快・的・速・度・解謎過關。」

3

雖然乘勢說出「遊樂園必備」這種形容，但遊佐下警部直到負責偵辦這起命案之前，孤陋寡聞到根本不知道全國各地都在辦這種活動。

似乎是最近才流行起來的風潮。

既然是最近才流行起來的風潮，就表示忘卻偵探應該也不清楚，因此需要稍微說明一下。

話雖如此，但這一類的解謎活動和那種會有名偵探出現的推理小說非常和得來——至少比遊佐下警部和今日子小姐合得來。

「原來如此原來如此。」

是為忘卻偵探的名偵探沒花多少時間，就理解了看在遊佐下警部眼中非常不可思議的「遊戲」。

「拼圖、暗號……密室或封閉空間。尋找脫逃需要的道具，就跟蒐證差不了多少，的確是很適合名偵探的活動呢。」

「……呃，不過請記住，這終究只是遊樂設施中的娛樂活動喔。」

要是對脫逃遊戲本身太熱衷，忘了調查活動原本的主旨可就不妙了，所以遊佐下警部刻意說了些會讓今日子小姐掃興的話。實際上，聽說正統派脫逃遊戲真的很本格——但是對著推理小說的書迷說出「本格」這種話，只會讓主題跑得更遠，所以遊佐下警部決定不多加贅述。

「A嫌供述自己在案發當時，正在參加這座遊樂園舉辦的脫逃遊戲。換句話說，A嫌堅稱一旦參加這個遊戲，就無法在案發時刻殺人。」

「嗯哼。還真是鐵錚錚的不在場證明呢——對了，A嫌是獨自參加這個活動嗎？我的意思是說，有朋友或情人能為A嫌的不在場證明作證嗎？」

「沒有，A嫌是一個人參加的。」

「一個人來遊樂園玩啊……算了，倒也不是什麼稀奇的事。」

「是的。」

雖說甚至沒跟一群人來遊樂園玩過的遊佐下警部也不太能理解——一個人來有什麼好玩。

「尤其A嫌好像是這種解謎遊戲的愛好者——聽說有很多遊戲需要團隊合作，必須組隊破關，屆時會與初次見面的玩家當場組隊，進行挑戰……」

「嗯哼。聽起來好好玩。與初次見面的人合作無間、解決難題，有時也會成為美好的邂逅——就像我現在做的事呢。」

只可惜無法成為美好的邂逅——

比她早到約好的地點有這麼罪大惡極嗎。

「倘若A嫌並非基於興趣參加，而是為了製造不在場證明才利用這個遊戲活動，說是不可饒恕的侮辱也不為過吧。」

是名偵探與解謎遊戲產生共鳴嗎？都還沒教她要怎麼玩，今日子小姐就說出這種話來——也罷，遊佐下警部對這股熱情求之不得。畢竟根據名偵探的人物個性面對這樣的委託內容，即使來句「我只對現實的命案感興趣，至於虛構的謎題，我一點興趣也沒有」也是不奇怪的。

（雖說現實的命案才是沒有什麼謎可言……）

今日子小姐不是那種性格扭曲的名偵探真是太好了。

「可是遊佐下警部，單純地解釋，如果案發時刻有不在場證明，A嫌就不是兇手啦？」

「沒錯。A嫌若真的不是兇手，警方也不會硬拗。因此需要用最快的速度搞清楚這點，要是不在場證明真的成立，就必須改變偵辦方向。」

「用最快的速度——是嗎？」

真不愧是最快的刑警——今日子小姐另有所指地說。雖然她的性格不算扭曲，但是情緒表達卻非常直接。

世間事總是有長有短。

「但目前仍是有推翻不在場證明的餘地。因為花在脫逃遊戲上的時間因人而異——所謂攻略時間。」

「是指競速賽……或是真實時間競速嗎？」

所謂真實時間競速，應該是電玩世界的用語，但是用在這裡，倒是也不算離題。或該說遊佐下警部正是希望今日子小姐挑戰最短攻略時間，才請她來這座遊樂園的。

「A嫌的不在場證明之所以能暫時成立，是因為這裡舉辦的密室脫逃遊戲目前的平均的破關時間約兩小時。也就是說，玩家一旦參加脫逃遊戲，就會有大約兩個小時的時間被拘束在這座遊樂園裡。」

「高速？」

名偵探的雙眼閃閃發光。

為這種事發出閃光也只是徒增困擾。

「是拘束。限制自由行動。」

「哎呀，是這樣嗎——我會錯意了呢。誰叫我是最快的偵探。」

不要裝可愛。

「可是，你說是『平均』對吧？或說是『大約』？換句話說，憑玩家的本事，也可以比兩個小時還早破關嗎？」

「沒錯。相反地，也可能花上比兩個小時更久的時間才破關——甚至有人怎麼樣都破不了關，直到遊樂園關門為止。」

不過，實際上也沒有多少人會一直撐到遊樂園關門，多半會選擇中途棄權吧。所謂平均兩小時的時間，頂多也只是把破關者的記錄加起來計算的平均值——破關率本身應該相當低。

「這樣啊，光是要破關就很困難了。A嫌破關了嗎？」

「嗯。本人供稱一個半小時就破關了。」

「真了不起，比平均攻略時間還快得多呢，真不愧敢自詡為脫逃遊戲迷——但是這種情況，太早破關對A嫌而言絕不是件好事吧？因為那樣可能會讓自己的不在場證明不成立。」

「沒錯——不過，如果是本人供稱的一個半小時破關時間，不在場證明還是可以成立的。考慮到從這座遊樂園到案發現場所需的移動時間，必須在一小時以內破關才有辦法辦到。」

「一小時以內。」

今日子小姐面色凝重地點了點頭，貌似已經參透委託內容。

但遊佐下警部還是決定把一切解釋個明白——謹慎小心至極，完全不是最快的刑警該有的風範。

「可是A嫌以參加過遊戲的玩家身份，堅持別說是一小時以內，就連要在不到一個半小時的時間內破關都是不可能的事——所以主張自己的不在場證明堅若磐石。因此，還請身為最快的偵探的今日子小姐……」

請你在一個小時之內，戰勝這座遊樂園的脫逃遊戲。

4

嚴格說來，就算無法推翻「A嫌」主張「當時正在參加脫逃遊戲」的不在場證明，本案也不見得就無法立案。

其實A嫌已經被捕，只是遊佐下警部不希望因此被今日子小姐認為本案沒有急迫性，所以沒有告訴她，雖然A嫌主張自己有不在場證明，但由於該不在場證明並沒有其他證人，所以要直接起訴也不是一件多困難的事。

儘管如此，遊佐下警部卻遲遲不將A嫌送檢，反而委託忘卻偵探推翻不在場證明，無非是基於他遲鈍——不對，是慎重的性格。

畢竟A嫌始終否認涉案，萬一進入司法階段時又出現沒見過的證人或新的證據什麼的，整個翻盤就糟了。

如果要立案，就不能有一絲一毫的漏洞。

不能讓兇手有任何狡辯的餘地。

他並不是承受不起犯法的人「都怪那傢伙的偵辦太草率」之類的怨恨，也不是顧慮「明明感覺有點不太對勁但還是算了」就被隨便立案的嫌犯立場——單純無論面對什麼樣的案子、有什麼不對勁的感覺，都不想掉以輕心。

要是他有那個「資格」，遊佐下警部就會自己挑戰脫逃遊戲，但是很遺憾的，他實在對遊樂園欠缺認知——不僅如此，遊佐下警部在檢視A嫌主張的不在場證明時，已經獲知脫逃遊戲的內容了。

也就是被劇透了。

在這種狀態下挑戰，當然能在一個小時內破關——但這樣根本證明不了什麼，更遑論推翻不在場證明了。無論如何都得在沒有任何預備知識的狀態下參加，證明可以在一個小時內「脫逃」才行。

可是，這其實還挺困難的。

不，挑戰解謎脫逃本身並不難，難在要滿足「不知遊戲內容詳情」的先決條件——畢竟是在大型遊樂園裡舉行的熱門遊戲活動，多的時候一天有數千人參加——雖說不洩漏遊戲內容是身為參加者最基本的常識，但是身在現代社會，要完全保密是不可能的。

遊佐下警部的部下裡也絕非沒有很會玩這種解謎活動的人，但是就算那名部下能在一小時以內破關，也難逃「反正你一定是早就上網查過，事先知道答案才去挑戰的吧？」的質疑。

要是警官被嫌犯懷疑可怎麼辦才好——就算不是直接的答案，事實上在調查時無意間讓查證成了預習的遊佐下警部，確實無法忽略那個可能性。

這時，忘卻偵探便雀屏中選了。

若是每天都會重置記憶的忘卻偵探，就不用擔心預習或劇透的問題。説得極端一點，就算她昨天參加過這座遊樂園的脱逃遊戲破關，但「今天的今日子小姐」別説是活動內容，就連自己參加過也不記得。

完全是一張白紙的狀態。

因此，倘若今日子小姐接下來挑戰那個脱逃遊戲，並能創下足以推翻不在場證明的時間，這麼一來就能同時確定A嫌的犯行。

至少在時刻表上。

屆時或許會產生另一種完全相反的看法——A嫌真能創下與最快的偵探相同的破關時間嗎？不過，遊佐下警部認為對於脱逃遊戲固然是門外漢，但推理迷（現實）的名偵探，和脱逃遊戲迷A嫌在條件上幾乎是相同的。

會成為一場精采的勝負吧。

當然，今日子小姐輸了的話，他會很傷腦筋。

「原來如此……讓我在沒有任何預備知識的狀態下挑戰解謎活動，所花費的攻略時間即代表『理論上破關所需最短時間』嘍。反過來說，萬一我花了一個半小時以上才破關，就能證明理論上無法比一個半小時更快破關。不過考慮到還有其他證據，也不會因此當場證明A嫌清白就是了。」

真是了不起的自信。

然而，單就遊佐下警部調查的結果來看，目前這個脫逃遊戲的最短攻略時間紀錄好像仍是一個半小時左右——當然，網路上也有誇口說「自己二十分鐘就破關」的人，可惜欠缺可信度。

或許A嫌就是知道這點，才堅持一個半小時這個數字，所以無論如何都希望今日子小姐能打破這個「紀錄」。

「了解。包在我身上——不過，既然如此，挑戰遊戲時還請遊佐下警部全程陪同。因為還是必須有人睜大眼睛，監視我有沒有為了追求速度而做出偷雞摸狗的作弊行為。」

「好、好的。」

說得再極端一點，只要能創下一個小時以內的破關記錄，有沒有作弊都無所謂，但是這種話一說出口，大概會打擊最快偵探的士氣。另一方面，既然要與她同行，遊佐下警部就得小心別給她任何提示才行。

完全沒有團隊合作的醍醐味，真令人遺憾。

「那麼，出發前請讓我確認兩、三件事。假設A嫌真的參加了這座遊樂園的脱逃遊戲，但只要A嫌是在一個小時內破關，不在場證明就不成立——是這麼回事吧？那麼……如果A嫌有作弊的餘地，就算是一個半小時也不足採信呀？」

「嗯……你這句話的意思是？」

「我的意思是，如果是像遊佐下警部那樣，事先經過調查才來挑戰脱逃遊戲，不是也能讓破關時間比理論值更短嗎？不，姑且不論是否實際這麼做了……如果有任誰都能最快在一個小時以內破關的作弊方法，根本輪不到我來挑戰，A嫌的不在場證明早就不成立了不是嗎？」

「啊……是的。不好意思，是我說明得不夠清楚。不小心跳過了。」

「為了追求最快的速度而跳過嗎？」

「不，我壓根兒沒有這個意思……當初我們也認為有作弊的可能性，想藉此推翻A嫌的不在場證明，但A嫌矢口否認，說絕對沒有那回事。」

「被否認涉案的嫌犯矢口否認，就成了雙重否定哪。」

「並沒有雙重否定……A嫌自稱脫逃遊戲迷，所以早在目前這個脫逃遊戲開始的第一天，而且還是一開園就來這座遊樂園玩了。也就是所謂『首場玩家』，是在對遊戲內容一無所知的狀態下進行挑戰，就這層意義來說，與『今天的今日子小姐』幾乎是站在同一立足點。」

當然，即便如此也無法完全去除事先得到情報的可能性——只要與遊樂園的員工、遊戲活動的主辦單位串通，也並非不能在第一天以前掌握內容。

「嗯哼。有道理，就像推理小說迷與推理作家有所交流，如果是脫逃遊戲迷，就算有相關人士的門路也不稀奇呢——可是，倘若A嫌是為了製造不在場證明，才故意第一天來當首場玩家，我認為先暫定為『沒有走後門』比較適當。」

「是……關於這點我也是相同意見，但今日子小姐為何會這麼想？」

遊佐下警部之所以這麼想，是由於他認為若真的是脫逃遊戲迷，才更不會想先知道內容。換成今日子小姐舉的例子，相當於推理小說迷再怎麼與推理作家有私交，應該也不會想先知道小說結局。不過話說回來，這種想法其實有「為了製造不在場證明，會做出平常不做的事」的漏洞……

「這點站在A嫌的立場來想便能一目了然。門路……假如真的有特別的人脈，但只要彼此的關係一曝光就會功虧一簣的話，一般是不會想用於製造不在場證明的。畢竟那些人際關係終究不是為了這次的殺人，而是平常基於對脫逃遊戲的興趣才建立的。」

應該很難做到天衣無縫。

今日子小姐如是說——這也不過是一種假設，然而雖是紙上談兵，但似乎比遊佐下警部的立論根據可靠多了。

A嫌也不可能只為了這次殺人而從很早以前就泡在於脫逃遊戲世界。

「請問還有其他問題嗎？今日子小姐。」

「嗯……老實說，還有幾件想確認的事，可以的話，也想聽聽案件的細節，但是再說下去的話，可能會不小心提及遊戲的內容。時間正好，就先到此為止吧。」

與其說是對話剛好告一段落，不如說她剛好喝完手上的大杯黑咖啡，今日子小姐將空杯放在桌上，站起身來。

「那麼，接下來就用最快的速度來解決——」

以最快的速度逃脫吧。

今日子小姐露出挑釁的笑容說道——唉，就說了，挑釁我也沒用啊。

5

為了讓對於脫逃遊戲一無所知的今日子小姐也能輕鬆明白，至今一直是用「脫逃遊戲」這個廣義的詞彙來說明，但是正確地說，這座遊樂園所舉行的解謎遊戲活動其實名為「貝克街的追緝令」——因此，應該說是「追捕遊戲」比較正確。

副標是「來自教授的留言」。

設定上，玩家是貝克街偵緝分隊的一員，身負追捕任務，而追捕對象則是夏洛克・福爾摩斯的宿敵——莫里亞蒂教授。

扮演的不是名偵探固然有點可惜，但是讓現實中的名偵探掟上今日子來挑戰，這可說是再適合不過的世界觀了——正確地說，順序是先看到是這種世界觀（或是說因為看到「留言」這個關鍵字聯想到她手上的備忘錄），遊佐下警部才想到要委託忘卻偵探來協助。

將遊樂園的一隅打造成貝克街，遊戲故事則是從夏洛克・福爾摩斯與華生一起住的公寓三樓揭開序幕。

（為了解謎遊戲，重現一整座街道，還蓋了一棟樓房，這究竟是大手筆，還是瘋狂呢——）

要說的話，大概是瘋狂吧。

或許遊樂園本來就是這樣的設施。

「原來如此。這次是把這個角落打造成貝克街，但設定則可以隨著舉辦的活動不同來調整變更呢——這棟樓也是，這次打造成福爾摩斯的事務所，下次也可以打造成豪宅或學校——嗯哼嗯哼，真有意思。」

今日子小姐看起來很佩服的樣子。

不，甚至可以說是樂在其中。

實際上，她還說出「徹底扮演來遊樂園玩的遊客也很重要」這種話，買下吉祥物的帽子（而付錢的是遊佐下警部）妥妥地戴在頭上，遮住白髮。

「快點，遊佐下警部也戴上。扮成遊客是很重要的喔！」

今日子小姐說著，遞給他一副同樣是吉祥物造型的怪眼鏡（這也是遊佐下警部掏錢買下的）。

「很適合你喔。真不愧是警部。潛入調查根本是小菜一碟呢。」

只覺得她是在調侃自己，但接下來也只能服從忘卻偵探的做法——或該說是為了避免洩漏情報，更應該保持沉默。

今日子小姐向櫃台拿了活動簡章，雖想給她個忠告「熟讀這份簡章在玩脫逃遊戲時很重要。裡頭說不定藏有什麼提示喔」但還是忍住了。

即使這樣的提醒只是常識等級，仍希望她能在完全沒有提示的情況下以最快的速度破關——與其說是希望，或許已經成為一種期待了。

只不過，

「智、智慧型……手機？智慧型？下……下載……A……APP應用……應用程式？」

聽完櫃台小姐（以世界觀來說並非「小姐」，而是哈德遜夫人——光憑服裝就能看出是哈德遜夫人的人，應該也是極少數吧）的說明後，今日子小姐滿臉狐疑。

這時還是需要給她一點忠告。

常識以前的問題。

（智慧型手機、APP應用程式也就算了，忘卻偵探應該不至於連下載這兩個字都有聽沒有懂吧）

「啊啊。就是現代的行動電話嗎？所謂的應用程式，是像軟體那樣的東西對吧？要從商店下載……」

雖然一開始意外受挫，幸好這並不算在攻略時間裡——而且她似乎已經理解了，並未造成太大的障礙。

「專為這個遊戲設計開發的軟……應用程式，真是太用心了。這樣能回本嗎？以這種活動的特性來說，應該是無法期待回籠客的吧。」

今日子小姐一邊擔心遊樂園的經營問題，一邊用遊佐下警部借給她的智慧型手機進行下載。

「所以才會每幾個月就更換遊戲活動內容吧。對A嫌而言，剛更換遊戲內容當天，是下手最好的時機——也說不定。」

「有道理。身為壞心眼的名偵探，也認為『因為是首場玩家，不可能知道內容』的主張很刻意——不過，此時此刻的我並非名偵探，而是貝克街偵緝分隊的一員。」

「……請容我確認一下，貝克街偵緝分隊之於夏洛克．福爾摩斯，就像日本的少年偵探團之於明智小五郎對吧？」

「一點也沒錯。這本活動簡章裡也附有解說。雖然說明有些不到位，但是就不要計較了。」

推理小說迷對脫逃遊戲表露不可一世的態度——是在對立個什麼勁。

「可是，我很嚮往貝克街偵緝分隊呢。可以成為夏洛克·福爾摩斯的左右手，等於是實現了一個從小到大的夢想。」

忘卻偵探還記得小時候的夢想啊——又或者她只是隨口說說而已。

看樣子，應用程式也順利安裝好了，希望她差不多可以開始闖關了。

「說得也是。那就動作快點——最快的偵探居然受到催促，實在太不像話了。手機可以借我到破關為止嗎？」

「好的，當然可以。」

她說起話來感覺絲毫沒有考慮到破不了關的狀況，真是太可靠了。

「不過，我想不需要我提醒，不可以用手機的瀏覽器上網搜尋解答或提示喔。」

「好的。這的確不需要提醒。還有，雖是競速攻略，但也應該是禁止用跑的吧。畢竟還有其他遊客，萬一撞到很危險。」

總覺得只是快走的話應該沒關係，但遊佐下警部判斷今日子小姐是種自我設限反而更能激起鬥志的人，決定不予置喙。

「那就慢慢來吧。然後將可恨的莫里亞蒂教授推下萊辛巴赫瀑布。」

即便這個設施規模再大，遊佐下警部仍不認為會準備什麼瀑布來演出這麼爆炸性的結局，但他依舊什麼也沒說，一聲不吭地按下碼表——因為把手機借給今日子小姐，只好啟動手表的計時功能——已經有好幾年沒用過這項功能了哪。

就這樣，「貝克街追緝令」開始了。

6

雖然是理所當然的事，但是之後遊戲的展開一如遊佐下警部事先調查的那樣——就像在閱讀已經知道兇手的推理小說。

話說回來，如同優秀的推理小說耐得住再三再四的閱讀般，即使已經知道謎底，遊戲內容也仍能讓已經知道答案的人樂在其中——連不諳玩樂的遊佐下警部都能樂在其中，所以真的是能夠讓參加者都很開心的遊戲。

今日子小姐也玩得很開心的樣子。

但是玩得太開心也令人很頭痛。

至少在睡著前，希望她不要忘記自己其實並非貝克街偵緝分隊的一員，而是名偵探。

（算了，畢竟我也沒掌握全部的劇情——）

在發現知道太多劇情不太好的當下，遊佐下警部就沒繼續調查下去了——幾乎是最後一刻才停下，但是也幸好及時停手，沒有連遊戲的最後高潮場面都查到。

（記得包括最後關卡在內，這個「追逐遊戲」總共分為四關。前三關都是在福爾摩斯事務所內的各樓層進行，最後一關則是在事務所外面的貝克街上……）

上街之後的發展，對遊佐下警部而言也是個未知數——所以，自己只要在離開事務所之前的三個關卡裡扮演好沉默寡言的刑警，別亂給今日子小姐提示就行了。

（但說到夏洛克．福爾摩斯的冒險故事，小時候明明看得那麼著迷……如今卻連故事裡的刑警名字都不記得了，叫什麼來著……？）

不過，一如故事中的夏洛克．福爾摩斯，今日子小姐根本不需要遊佐下警部的協助——她幾乎是馬不停蹄地，然而又是優雅地，如入無人之境般通過了第一關、第二關、第三關。

她俐落的身手一點都不像是生手玩家，不僅如此，那速度更非首次參加遊戲者該有——不曉得有沒有這方面的技能檢定考試，但是看那輕快腳步實在讓人不禁懷疑今日子小姐私下領有脫逃遊戲的執照。

當然也沒有任何作弊嫌疑——自己被委以監視今日子小姐的重責大任，但是看樣子根本沒那個必要，反而光是要跟上她就快精疲力盡。

動作雖然快，但是要說她早就知道答案——似乎也並非如此。看在已經知道答案的遊佐下警部眼中，今日子小姐其實有著許多無謂的動作。

固然馬不停蹄，但走的絕不是最短距離。在解出正確答案以前，經歷過許多的不正確——反過來說，就是毫不畏懼錯誤或失敗。

（也說不上是急事緩辦——或許這才是最快的方法吧。換作是我的話，可能會更慎重地思考半天——）

網羅推理是忘卻偵探獨特的思考模式，看來在脫逃遊戲之中也還算能派上用場——至於專用程式，由於是安裝在尚未熟悉操作的智慧型手機裡，花了一點時間才進入狀況，不過在突破第三關時，就已經把花掉的時間都追回來了。

適應力也太強——或該說是適應得也太快了嗎。

不確定是否為每天都會重置記憶的體質所致，但是對錯誤及失敗皆無所畏懼的她，說不定也因此連適應速度都變得非常快。

「或許是由於解謎遊戲與推理小說很合拍吧。不過兩者之間，似乎仍有著決定性的差異。」

就連自言自語的閒情逸致都有了。

決定性的差異？

遊佐下警部差點就要表示意見（插個嘴其實也沒什麼大不了，但對方畢竟是名偵探，天曉得會不會又被她從無心的發言之中挑出語病，劈頭來句「你剛才說什麼來著？」被嫌棄），幸好在緊要關頭把話吞回去——而今日子小姐似乎也沒放在心上，接著說。

「不同於推理小說，脫逃遊戲在某種程度上是以『讓人解開謎題』為前提設計的——雖然推理小說也有『向讀者挑戰』的設計，但是與那種非黑即白的世界還是有很大的不同。」

由於忍住不應聲，所以不確定自己是否正確理解了今日子小姐這番話的用意，但是在事先調查的階段，遊佐下警部也有同樣的感覺。

即使是第一次玩的玩家，也能玩到某個程度——而且也提供了求救的管道。以這個「貝克街追緝令」為例，一旦走投無路，似乎可以收到來自哈德遜夫人或華生助手、甚至是夏洛克·福爾摩斯本人的提示。

這是應用程式內的預設機能，卡關時就會接到來自他們電話或電子郵件提示。

「來自福爾摩斯的提示」對於推理迷而言，可說是垂涎三尺、求之不得的狀況安排，遊佐下警部也暗自期待那樣的展開，只可惜別說是福爾摩斯或華生，馬不停蹄的今日子小姐甚至沒接到過哈德遜夫人的聯絡。

遊佐下警部原本曾懷抱著「或許能聽見古典與現代的名偵探之間對話」的小小期待，但終究還是落空了——也罷，只要能滿足他在工作上的期待，倒沒有任何問題。

閒話休提。

第一關的「謎題」是把莫里亞蒂教授留在福爾摩斯房間裡的四封信合起來解讀。就是那種字謎或填字遊戲之類的謎題，遊佐下警部覺得只要好好想想，就連自己應該也能解開。

再用手寫輸入將由此導出的關鍵字「四個署名」寫進應用程式顯示的輸入框內，就能從三樓下到二樓。

第二關則是關於音樂的問題——心想大概是以小提琴名家夏洛克·福爾

摩斯為題材出的「謎題」。只不過用來出題的並不是小提琴，而是鋼琴。

這也是調節關卡難度的一環吧——如果以小提琴那種專門的樂器出題，遊佐下警部之流就束手無策了。但要是鋼琴，即使沒有學過，大家也都知道Do Re Mi Fa Sol Ra Si Do吧。

將手機螢幕裡顯示出的電腦用鍵盤當作鋼琴鍵盤，依序輸入解讀出的訊息（其實設定上是「回信」），通往一樓的門就會打開。

遊佐下警部覺得題目一口氣變難的，就是這個移動到一樓之後挑戰的第三關「謎題」——以追蹤莫里亞蒂教授蹤跡的形式，解開3×3的魔方陣拼圖——那個拼圖本身並沒有什麼，但是解開的答案象徵著什麼，卻讓大部分的玩家在此停下腳步。

他還以為今日子小姐差不多也該在這裡停下腳步。

「這想必是要轉換成功能型電話的數字鍵1～9來輸入吧——因此，我想只要啟動應用程式內的電話機能，就能破解的。」

瞬間搞定。

暗號型的「謎題」反而正是落在網羅推理好球帶中央也說不定。至於所謂「功能型電話」，似乎是傳統手機比較好聽的說法。

就這樣，今日子小姐一路通行無阻，也順利解開第三關的「謎題」——不過，如前所述，只要花點時間，大部分的玩家都能玩到這裡。因為遊戲本來就是這樣設計的。

與推理小說的差異。

因為是遊樂園中的娛樂設施，一般多有脫逃遊戲必須讓人享受「解謎」而非「謎題」本身樂趣的限制——當然，推理小說肯定也有其娛樂效果，然而在推理小說裡，讓讀者覺得「只差一步就能解開謎底也說不定」幾乎等於作者的敗北，因此自然會一股腦兒地提高謎題難度。

今日子小姐以「非黑即白」來表現這種狀態——這麼說來，脫逃遊戲只要能答對八成左右，就會被認為是「有趣的活動」。

遊佐下警部對「貝克街追緝令」進行調查時，基本上也同意這是個好玩的遊戲——只不過，能快快樂樂解謎的時光也只到第三關為止。

第四關。

在衛兵的引導之下，從與報名時不同的出口來到外面，玩家無不當場愣住——因為貝克街變成迷宮了。

若能找出正確路線走出這座迷宮——先不管終點是不是萊辛巴赫瀑布——就可以追上莫里亞蒂教授。

理論上。

「這真是——傷腦筋啊！」

就連今日子小姐，至此也終於停下腳步——這也難怪。在紙上走迷宮，和挑戰三次元的迷宮，訣竅完全不一樣。

不僅如此，像這樣從迷宮的起點望向整個街道，有天橋也有地下道，顯然不是能用右手法則（註：如果是簡單的迷宮，只要把手貼在右邊的牆上，扶著牆壁往前走，就能走出迷宮的方法）之類破關的構造。

既然無法俯瞰整個街道，就只能仰賴第六感，但是不怕失敗的網羅推理在此英雄無用武之地——無論再怎麼說都太浪費時間了。

或許遲早還是能破關，但她此時此刻正在進行競速攻略，不可能採取這種可能會玩到天黑的碰運氣玩法。

遊戲在設計上，如果進行順利的話，有一個半小時左右便足以破關，所以這座迷宮應該也有無需仰賴直覺的攻略方法——實際上，也還有個直到第四關都尚未派上用場的提示。

在第一關的房間裡，用刀子插在暖爐上的那封信上，最後的署名——「邁克羅夫特．福爾摩斯」。

眾所周知，這是福爾摩斯親哥哥的名字，但是今日子小姐卻尚未用使這個明顯到不行的關鍵字——既然已經到了第四關，就連外行人都會認為這時總該派上用場了吧。

「沒錯……說得也是。尤其邁克羅夫特．福爾摩斯在原著小說裡是駕著馬車登場的馬夫，再也沒有人比他更適合做為迷宮帶路人了。」

今日子小姐說著推理迷會說的話。

還是不要附和她比較好。

話說來到最後一關，遊佐下警部已經不再擔心自己會脫口說出答案了。因為事前調查的範圍並未及接下來的迷宮。

雖然是因為覺得不妥才停止調查，但是破關的人數本來就不多，所以能調查到的情報也遠比前幾關少了許多。

看了一眼手表上的計時——現在是四十五分三十二秒。今日子小姐以驚人的速度玩到現在，但要是繼續杵在迷宮口，顯然不可能達成要在一個小時內破關的目標。

「嗯……」

今日子小姐用手指在手機螢幕上滑來滑去，噘著唇瓣操作程式。

與其說是煩惱，看似像是不滿。

從她雖然停下腳步，手指還在動個不停的樣子看來，絕沒有要放棄遊戲的意思。但是比起呆站在這裡，乾脆不管三七二十一地走進迷宮……

「呃，今日子小姐……」

其實並沒有什麼特別想說的話，但遊佐下警部還是忍不住開口。與此同時，宛如一記交叉反擊般，忘卻偵探也開口對他說。

「呃，遊佐下警部……」

對遊佐下警部而言雖是一記交叉反擊，但是看在今日子小姐眼中，似乎認為是他先聲奪人，居然以一種「哎呀哎呀，最快的刑警連開口說話都是最快的速度嗎」的眼神瞪著他。

這股對最快的執著到底是怎麼回事。

為這種事對他生氣，再怎麼說都太超過了——總之，其實也沒什麼話想說的遊佐下警部就讓她先說。

「什麼事？」

「如今才問也有點怪，官方是不是曾經發表過破關的平均時間為兩個小時的事呢？假設A嫌事先得知這點，才用來製造不在場證明的話……與其聲稱『花了一個半小時破關』，說自己『花了兩個小時以上』或『無法破關』對於製造不在場證明還比較有幫助吧……我從一開始就有這個疑問，為什麼A嫌要這麼說呢？」

「嗯，這個嘛……說得也是……會不會是自詡為脫逃遊戲迷的A嫌，就算是為了製造不在場證明，自尊心也不允許用『花了比平均時間更久的時間破關』或『無法破關』做為證詞呢？」

雖是臨時想到的答案，遊佐下警部自認倒是挺合理的假設，不過今日子小姐似乎不能接受。

唉，或許她是陷入了瓶頸想轉換心情，不過現在比起命案或嫌犯怎樣，更希望她能把精神集中在這個脫逃遊戲上。

然而，今日子小姐才不管遊佐下警部的期盼，繼續問他。

「所以呢？遊佐下警部想對我說什麼？」

「沒什麼，我只是想說，停在這裡也不是辦法，不如乾脆不顧一切地挑戰走迷宮比較好……」

事到如今，不管是猜不出暗號，還是走不出迷宮，都沒什麼太大的差別的——遊佐下警部的這種建議，或許是玩脫逃遊戲時最不該出現的想法。

「啊。呃，暗號已經解開嘍。」

今日子小姐回答得乾脆。

然後面露煩憂。

「只不過，如果是這樣，無論我的攻略時間再短，A嫌的不在場證明都會成立哪……」

7

一問之下，才知道在完成第三關，離開樓房，站在迷宮的起點時，今日子小姐就幾乎已經解開第四關的「謎題」。然而，因為用那個方法破關並無法符合目的，為了尋找其他攻略法——不要用到「邁克羅夫特．福爾摩斯」就能破關的手法，故她停下了腳步。

「但是，看似無論如何都得用上這個關鍵字呢——我也探索過這個系統想看看有無漏洞，但實在是銅牆鐵壁。」

解謎本身與前面三關一樣，全都是聽到答案就會覺得「再一下下就能想通了」的那種——就算實際解不開，也會那麼想。

「一如副標題的『留言』，這個遊戲的主題是以通信、聯絡及署名為主軸。針對如何將一百年前的世界觀置換到現代的設計，很值得身為記憶會重置的忘卻偵探好好地思考吟味一番。在第一關的三樓，是用手寫的方式把想到的答案送出去。第二關的二樓，則是從鋼琴的鍵盤聯想到鍵盤輸入。至於第三關的一樓，則是使用傳統手機的輸入鍵來運用魔方陣的答案。根據我的推理，到了第四關，就應該輪到使用智慧型手機特有的輸入法吧？」

又是第三關，又是一樓的，聽來或許有些混亂——今日子小姐一面補充細節，一面秀出手機的畫面。

應用程式內的電子郵件送信畫面。

沒錯。

提到智慧型手機特有的輸入法——對於今日子小姐而言，與脫逃遊戲同樣前所未見的輸入法，當然就是——

「滑動輸入……是嗎？」

是的——今日子小姐點了點頭。

「具體而言，是以滑動輸入的方式輸入『邁克羅夫特．福爾摩斯（マイクロフトホームズ）』時手指的動向來指路。『マ』是『筆直前進』、『イ』是『左轉』、『ク』是『上樓』、『ロ』是『下樓』……因此，『マイクロフトホームズ』就是『前』『左』『上』『下』『上』『下』『下』『右』『上』『上』『前』。」

「嗯……最後是『上』『前』嗎？」

因為她是一股作氣地說完，遊佐下警部瞬間反應不過來，好不容易才勉強跟上——接著今日子小姐點點頭。

「對。『福爾摩斯（ホームズ）』的『ズ』是『ス』與『濁音』的組合，所以要把再按一次『濁音』鍵解釋為『筆直前進』。」

流暢的說明，讓人無法想像她直到剛才連智慧型手機的存在都不記得——既然她都說得這麼肯定，大概不需要再求證吧。

當然，滑動輸入的方式會依智慧型手機的機種而異，所以遊戲必定配合應用程式準備了各種不同的迷宮走法。而遊佐下警部的手機得出的，似乎就是這條路線。

正確答案不見得只有一個，也是其與推理小說的差異嗎……

「那……那麼，就照這個指示走出迷宮吧！現在就跑……呃，就算不用跑的，只要從現在開始加快速度，就能在一個小時內破關……？」

「沒錯。我們可以勉強達成一個小時以內的目標——可是，用這個程式到現在，我才發現——」

這個應用程式，好像會記錄玩家的時間呢。

今日子小姐說道。

8

她說從樓房走到貝克街上時——也就是來到迷宮區時，可能是滿足了條件，應用程式內的碼表開始計時。

換言之，畫面中清清楚楚地顯示著花在追逐莫里亞蒂教授、攻略迷宮的時間──而且很貼心地將「抵達終點的現在時刻」也同時留下記錄。

以日本警察的慣用說法來表達，就是「幾點幾分逮捕嫌犯」。

事已至此，今日子小姐時間競速攻略的結果，只證明了「能否創下最快的破關紀錄，都與推翻A嫌的不在場證明毫不相關」──因為保存在那傢伙手機應用程式裡的記錄，就是一切。

倘若那個記錄真是A嫌本人宣稱的一個半小時，遊佐下警部所做的一切不僅無法推翻不在場證明，反而成了A嫌不在場證明的強力背書。

在一點也不適合自己的遊樂園裡頭忙了半天，究竟是所為何來──不，當然，要是能證明無辜之人其實清白，光這樣就已經是成果豐碩，可是……

「實在很難說那傢伙是『無辜之人』呢！」

今日子小姐代替遊佐下警部說出了他的內心話──依照著她推理出來的方法，在邁克羅夫特．福爾摩斯的帶領下走出迷宮，抓住莫里亞蒂教授之後（果然還是無法將他推入萊辛巴赫瀑布），兩人再度回到咖啡座。

順帶一提，結果還是無法創下一個小時以內的記錄。

真實時間競速失敗了。

要是沒在迷宮的入口發現「推翻不在場證明與遊戲內容無關」而煩惱半天，恐怕就能達成目標吧，但是達成的意義也早在前一刻消失無蹤。

之後幾乎只是把遊戲走完。

正確地說，進了迷宮之後也還有任務，而且是相當有特色的「謎題」，但已經完全不重要了。

「如果有那麼牢不可破的不在場證明，為何不一開始就拿出來——只是口頭宣稱自己參加了脫逃遊戲，實在很不自然。該不會要說是忘了吧。」

又不是忘卻兇手——今日子小姐說道。遊佐下警部對此也是深感同意。至少在他的偵訊下，A嫌並非那麼特殊的兇手。

「話雖如此，但是要偽造出那樣的證據並不容易吧？即使不參加遊戲也能下載應用程式，但遊戲本身一定要自己下去玩——」

「而且也沒有製造偽證的證據。」

講完這番夾纏不清，今日子小姐脫下一直戴在頭上的吉祥物帽子。

「只要在自己動手殺人時，把手機交給共犯，請對方代為參加脫逃遊戲不就行了嗎——戴上這種帽子，再戴起遊佐下警部臉上那種眼鏡，乍看之下就判若兩人了。這是只有在遊樂園才能使出的『交換把戲』。」

「『交換把戲』……」

有道理，這類的道具的確可以擔保遊客的匿名性。

「用脫逃遊戲的講法來說，應該是組隊挑戰吧？如果之所以聲稱一個半小時這種有點嫌短的破關時間，是因為共犯真的只花了這麼點時間就破關——所以只能這麼說的話，就很自然了。」

「……」

倒也不是——不可能。

但沒有證據，也沒有根據。

即使要鎖定共犯，也幾乎是件不可能的任務。

「……會不會是因為事先得知智慧型手機與應用程式是必要的道具，

就想到利用這些來製造不在場證明呢？」

「A嫌知道不管怎樣，警方都會從動機面懷疑到自己頭上，所以事先製造不在場證明……在接受警方偵訊時刻意隱瞞，打算等到送檢，或是進入司法程序的階段才翻供也說不定。或許還打算以遭到長時間不當拘留來要求警方賠償。」

有這麼不顧一切的可能性嗎。

總覺得守財奴偵探的推理太過於穿鑿附會，不過要是基於「反正都會被懷疑」就想乘機敲一筆的話，膽子倒是挺大的。

翻供。這是遊佐下警部最害怕的可能性。

「可是啊，因為逮捕時就扣押了手機……擔心要是一個搞不好，證據可能會被警方湮滅於是絕口不提，可能比較實際就是了……」

即便是再怎麼不樂見的證據，遊佐下警部也不至於像個缺德警官似地，做出卸載應用程式滅證這種事——不過，如果是做了虧心事的嫌犯，會疑心生暗鬼也不奇怪。

警方不僅不會滅證，相反地——雖說已經做為證物扣押了，若沒有本人的協助，幾乎不可能看到用密碼鎖起來的手機內容。

「咦？請等一下，遊佐下警部。你剛才說什麼來著？已經扣押了A嫌的手機……在逮捕的同時？」

「啊，呃……」

糟了，還沒告訴她這件事——原本也沒打算告訴她這件事，但因為脫逃遊戲終於結束而鬆了一口氣，不小心說溜嘴了。

不過，這件事倒沒什麼好隱瞞的，既然已經破關了，瞞著她反而奇怪，所以就算說溜了嘴也不要緊，反而是被偵探用那句「你剛才說什麼來著？」這麼一嗆，讓他終於體會到保密是多麼困難。

在進行解謎任務時，遊佐下警部始終保持沉默，或許是正確的抉擇——然而，以參考人問話，跟逮捕起來加以偵訊，應該沒什麼不同吧？

（當然完全不同……我剛才說了什麼來著？）

「不，是否已經逮捕A嫌這件事本身在推理上並不重要——重要的是扣押了手機。請問是什麼時候逮捕，又是什麼時候扣押了手機？」

「……我想想。」

這不正是「幾點幾分逮捕嫌犯」嗎……但當下實在想不起正確時間。

「案發當天的傍晚……有什麼問題嗎？」

「如果是這樣。」

今日子小姐說道。

一面用食指輕觸遊佐下警部放在桌上的智慧型手機畫面。

「如果是這樣，或許就能以此做為製造偽證的根據，推翻A嫌的不在場證明——因此，遊佐下警部。」

可以請你從扣押的手機上採集A嫌的指紋嗎？

9

一開始還沒聽懂她在說什麼。

既然是本人的智慧型手機，當然會採到本人的指紋——然而，再仔細一問，她要遊佐下警部採集的，是指紋的動作。

指紋的動線。

「倘若A嫌真的參加過『貝克街追緝令』解謎活動，手機螢幕上最少也會留下輸入最後一關的關鍵字『邁克羅夫特·福爾摩斯』的食指痕跡——『マ』『イ』『ク』『ロ』『フ』『ト』『ホ』『ー』『ム』『ス』『濁音』，也就是『前』『左』『上』『下』『上』『下』『下』『右』『上』『上』『前』。」

雖然參加遊戲至今已經過了一段時間，輸入的痕跡可能會因為擦拭螢幕、重複輸入新的字句而消失——但既是當天傍晚就扣押，就還有留下動線的可能性。

無需破解密碼，只要分析螢幕上的指紋即可。

萬一有那個痕跡，就能完全證實本人的不在場證明——萬一採集到呈現同樣動線的他人指紋，共犯的存在就浮出水面了。

話說回來，今日子小姐似乎並非抱持那麼大的期待——她認為倘若有共犯喬裝改扮，借了A嫌的手機參加遊戲，應該會採取戴上手套或使用觸控筆等對策才是。似乎挺看得起A嫌的的。

然而，A嫌的朋友做夢也沒想到自己會成為殺人共犯，單純是受到A嫌「請代替我參加」的請託——和A嫌似乎是透過參加脫逃遊戲，由於「組隊挑戰」而認識的——因此朋友不但沒想過要喬裝，甚至直接徒手操作手機，清楚地留下了輸入『邁克羅夫特．福爾摩斯』的指紋。

一切固然沒有順利到那枚指紋剛好是前科犯的指紋，但是遲鈍的遊佐下警部經過獨自一人腳踏實地的地毯式搜索，終於找到了指紋的主人——既然找到指紋的主人，接下來就只要順藤摸瓜了。因為共犯借用A嫌的手機時，當然從A嫌口中問到了密碼。

從中確認到的並不是有沒有下載脫逃遊戲的應用程式，而是A嫌的個人隱私，最後是A嫌與A被害人之間的郵件信息往來成了決定性的證據，可說是極為平凡，也可說是相當諷刺。

A嫌之所以不主動提出應用程式記錄的破關時間做為「證據」，並不是為了在進入司法程序的階段翻案，而是還沒來得及處理掉手機裡的各項履歷之前就被捕了。

記憶每天都會重置的忘卻偵探，當然無法看顧遊佐下警部這些「事後的調查」到最後，不過當她離開遊樂園的時候，說了這樣的話。

「從我有記憶以來，就常聽到一旦習慣用機械輸入文字，遲早有一天大家都不會用手寫字這種說法——但是說歸說，時代再怎麼變遷，筆跡鑑定永遠還是有效的呢。」

今日子小姐似乎也會談論未來。

即使那是不管速度再怎麼快，都絕對無法抵達的未來。

寫在最後

想必喜愛推理小說的讀者都曾為「看人被殺還那麼開心未免也太輕率了」這般叱責而感到有口難言。除了遭受叱責的狀況外，也有懷疑「把如此殘虐的惡意當成娛樂來消化的自己在人格上沒有問題吧？」的情形。腦中雖然會浮現「不，還是有很多沒人被殺的推理小說呀，像日常系之類的」這種藉口，但即便是日常系的謎題，慘絕人寰的還是慘絕人寰，不管再怎麼說，都是以犯罪行為做為主軸的小說這點，仍是無可動搖的事實。實際上，推理小說似乎也經歷受到倫理規範、主動訂立尺度的時代，但是至今在本質上依然沒有太大差別。那麼，要講其他小說難道不是這樣嗎？其實也是一樣，像是家庭小說或言情小說，故事也是建立在讓登場人物面對困難或悲劇或陰錯陽差，若要煩惱，感覺一樣會煩惱「把這些困難或悲劇或陰錯陽差當成娛樂來消化的自己在人格上沒有問題吧？」為了彰顯正義，於是描寫足以與其匹敵的邪惡是推理小說的編劇基礎，用另一種比較論來看，「開心」的情緒或許原本就是與「輕率」互為一體兩面也說不定。這點不光是娛樂小說，純文學也不例外，這麼說「白口」和「黑心」也是類似吧。口是心非！算了，人之所以為人，就是能在「煩惱」這種的負面情緒裡找出樂子麼。

如此這般。初次見面，謝謝收看描寫與煩惱無緣的名偵探——忘卻偵探系列第七集，〈掟上今日子的有誰得利〉與〈掟上今日子的敍述性詭計〉是刊登在梅菲斯特裡的短篇，〈掟上今日子的心理測驗〉與〈掟上今日子的筆跡鑑定〉則是為本集寫下的新作。雖是各自獨立的短篇，要說的話乃是採用系列第三集《掟上今日子的挑戰狀》和第五集《掟上今日子的辭職信》兩冊的「今日子小姐與刑警們」模式，與「今日子小姐與厄介君」模式各異其趣。若分細一點，可再分成「今日子小姐與男警們」及「今日子小姐與女警們」，但分得太細反而會讓人覺得太雜看不下去，希望大家還是獨立看待每一冊，畢竟每次重置才是忘卻偵探。感謝閱讀《掟上今日子的家計簿》。

雖是內容不連續的系列，但封面一直都是今日子小姐，把七本擺在一起實在頗為壯觀。VOFAN先生，非常感謝你。附帶一提，系列第八集將會是《掟上今日子的旅行記》，還請多多指教。

西尾維新

娛樂系 031

掟上今日子的家計簿

作者　西尾維新
譯者　緋華璃
責任編輯　林依俐
封面繪圖　VOFAN
封面設計　Veia
版型設計　POULENC
內文排版　高嫻霖
發行人　林依俐
出版　青空文化有限公司
100台北市中正區忠孝西路一段50號
22樓之14
讀者服務信箱：service@sky-highpress.com
總經銷　大和書報圖書股份有限公司
電話：02-8990-2588
印刷　前進彩藝有限公司
出版日期　2017年12月　初版一刷
定價　260元
ISBN　978-986-94889-6-9

國家圖書館出版品預行編目（CIP）資料

掟上今日子的家計簿 / 西尾維新著 ; 緋華璃譯 .
-- 初版 . -- 臺北市 : 青空文化 , 2017.11
面 ;　10.5 x 14.8 公分 . -- (娛樂系 ; 31)
譯自 : 掟上今日子の家計簿
ISBN 978-986-94889-6-9(平裝)
861.57　　106017120